U0013692

鬼啊！師父

郭箏

目次

人有人權，鬼也該當有鬼權，
吾輩應謹記在心，切勿輕忽，
否則夜半被鬼抓走，我可救不了你！

死人定律

如果你是個活人，你當然會死掉。
如果你死掉了，你當然就是一個死人。
如果你是一個死人，你當然就是一個廢物。
一個連你自己都無法否認、貨眞價實、童叟無欺、不折不扣的廢物。
但你也許沒想到，對於另外一個活人來講，你的用處可大著哩。

屍體定律

也許你更沒想到，死人和屍體並不是同一個東西。
死人是廢物，但屍體不是，尤其在那官軍與流寇胡亂相殺的明朝末年。
您瞧，這兒有個新埋的墳堆，土覆得鬆鬆的，埋得可粗糙。
請別見怪，如今本來就是一個粗糙的年代，許多人靠吃石頭過日子，您還想怎麼樣呢？
您再瞧，那太陽可不慢慢沉下去了？
天空混濁得宛如一塊油漬漬的大抹布，在這鳥不生蛋的陝北黃土高原上，沒有一件東西是清爽的，朔風捲起帷幕一般的塵沙，鋪天蓋地，狂吼怒吟，直若千萬個小鬼正在搬演「蹦子戲」。

那鬆垮垮的墳堆，愈發顯得猙獰陰森，好像死人的手隨時都會伸出來似的。

就在這當兒，一團畏畏縮縮的人影，顛兩步退一步的挨近前來，渾身發著抖，「噗」地一下跪倒在墳堆前，磕了三個響頭，繼而喃喃自語：「好兄弟，我……我不認識你是誰……但請你行行好，借個東西讓我用一下，我將來一定給你多燒點紙錢，讓你在地獄裡也能過得闊綽一些。」

祝禱完畢，就想動手挖墳，忽又想起了什麼，又磕了三個頭。

「好兄弟，在下姓姜名小牙，乃『闖王』麾下士卒……以後如果有什麼需要，咳咳，儘管來……儘管來找我……」

姜小牙胡言亂語了一大套，硬起頭皮，狗一樣的伸手猛刨，沒幾下就把墳堆挖開，露出了埋在裡面的屍體。

「好兄弟，得罪了！」

姜小牙反手拔出佩刀，閉起眼睛，咬緊牙關，狠狠一刀斬下，那死人的頭顱當即跳了兩跳，像顆海龜蛋似的骨碌碌滾了出來。

姜小牙捧寶般捧起人頭，裝入腰間的袋子裡，又朝墳堆磕了十幾個響頭，這才沒命的奔入黑暗之中。

混蛋總是有兩個

姜小牙剛跑掉不久，反方向卻又奔來一個人，但見他體格肥胖，身穿官軍號衣，大約是此刻正奉命圍剿流寇的大明部隊中的一員。

這人二話不說，直奔墳塚，猛然看見土堆已被人挖開，立刻大叫了聲：「來晚了一步！他奶奶的熊！」

他撲倒在屍身上伸手亂摸，不管怎麼摸就是找不到死人的腦袋，氣得踢了屍體一腳。

「連自己的頭都保不住，你吃糞長大的啊？」

他喪氣的舉步離開，向前顛躓了十來步，忽然腳下一絆，差點摔了個狗吃屎，低頭看去，竟又是另一個墳堆。

「天無絕人之路嘛！」他興奮的嚷嚷，雙膝跪倒，叩首不迭。

「好兄弟，在下李滾，乃大明左都督曹變蛟麾下士卒，想借你的身體用一下，萬勿見怪！」

言畢，一陣狠刨，將屍體挖了出來，又發一聲慘叫：「晦氣！怎麼是個女的？」

李滾頹然坐倒在地，抱頭思索半日，終於想起了一個人，大拍一下手掌。

「對！就去找他！」

翻身站起，將那具女屍扛上肩膀，挪動臃腫的身軀，費力的朝土坡底下的小鎮奔去。

廢墟裡的怪工匠

本來也許是個人煙稠密的小鎮，但如今用「斷垣殘壁」來形容，都還嫌太過美化了一些。

官軍、流寇在黃土高原上的廝殺，已進行到第十三個年頭，若以人類最愛幹的事情來做比喻，就如同一男一女在床上激烈纏綿了十三年之後，您能想像那張床變成了何等模樣嗎？

大概只能這麼說，所謂的「人類文明」早已不剩半點痕跡了。

當李滾扛著女屍走在鎮上唯一的一條人街上的時候，心頭止不住直冒疙瘩。

沒防著，驀然一陣北風颳過，吹得一間廢屋的門板「砰」地一響；或是古井裡「吱」地一聲，竄出一頭比貓還大的老鼠，嘴裡兀自叼著一塊取自不明物體的爛肉。

「我的媽呀！」

李滾打著哆嗦，雙腿發軟，從胸腔內擠榨出來似的叫喚：「老糞團，你在哪裡？」

淒厲的呼喊在廢墟中迴盪，每一聲都牽出上百個回音，使得李滾的膀胱隱隱發出憋尿憋了二十五天般的痛楚。

李滾正想打消尋人的念頭，逃回營去抱著棉被發抖，忽聽一個人語傳自腳下：「你奶奶的踩著我幹嘛？」

李滾俯首一望，腳下的瓦礫之中竟躺著一名渾身腥臭、酒氣醺天、蝨子爬滿了面頰的糟老頭。

「你是哪一邊的？」被喚做「老糞團」的糟老頭從喉嚨裡打了個比屁還臭的嗝兒，仰臉瞄向李滾。

「我是曹都督手下的官兵。」

「唉，倒楣！」

老糞團悶哼一聲：「你們官軍的生意比流寇難做百倍！」

李滾陪著笑臉：「決不讓您老吃虧。」邊說邊從懷中掏出五個大饃饃。

老糞團當即眼睛一亮，伸手搶過罕見的食物：「好，說吧，有什麼問題？」

李滾把肩上女屍摔到地下：「就是這個問題。」

老糞團瞅了屍體一眼：「女的？唉，你麻煩大了！」

「千萬拜託您老施展妙手。」李滾不住鞠躬哈腰。「幫我修理一下。」

雞與蛋的方程式

「你們那曹都督一定要見全屍？」老糞團不以爲然的搖晃著腦袋。

「對啊，傷腦筋！」李滚頹喪的回答。「有時候，我眞希望自己是流寇！」

一縷星光灑在愁眉相對的兩個人的臉上，李滚使勁揉了揉鼻尖：「人家闖王只要見到首級就算數，咱們偏偏要上繳整個屍體……唉，日子怎麼過喲？」

老糞團從鼻子裡哼了一聲：「咱們陝北雖不是天堂，但往昔的歲月總算還有吃有穿、有說有笑。自從十三年前，你們官軍來了之後，你們看看，這個地方變成了什麼樣子？」

「陝北人不造反，官軍當然不會來！」

「朝廷腐敗，民不聊生，不造反難道等死不成？你曉不曉得，咱們這兒的老百姓有多少人是吃石頭死掉的？」

「唉，老爹，誰對誰錯，我也搞不清楚。」李滚無奈承認。「我只知道我們奉命前來圍剿流寇，每一次戰役過後，每人便至少得繳上一具敵屍，偏偏咱們又打不過流寇……」

「只好濫殺百姓充數！」老糞團冷笑道。「搞到最後，老百姓只要一看見官軍的旗幟，就騾馬似的奔逃無蹤。『流寇如梳子，官軍如篦子』，眞是一點都不錯！」

李滚尷尬的搔著頭皮：「唉，那是從前的事了。」

「當然是從前的事！老百姓死的死、逃的逃，如今方圓五百里之內還有活的東西嗎？」

李滾又嘆一口氣，感喟著：「那可眞是段黃金歲月，到處都有老百姓可以殺！」

老糞團狠瞪他一眼：「等到沒有活人可以殺了，就把死人挖出來應付！」

「唉，別提了，死人也愈來愈難找了啊！總不能把死了好幾年的爛骨頭也繳上去吧？」李滾抱怨道。「那些流寇還不是到處亂挖？只不過他們比咱們幸福多了，只要弄到一顆頭就算交了差。」

「誰教你們官軍當初混得太兇，一具屍體切成了七、八塊，你繳一條腿也算『殺敵一名』，他繳一個屁股也算『戰功一件』，難怪曹都督後來一定要見全屍了。」

李滾煩惱的望著面前的那具女屍：「別說這麼多廢話，您老有辦法可以修嗎？」

把「她」變成最佳男主角

老糞團仔細的把屍體打量了一番：「還好，死沒一天，肌膚還很有彈性……嘖嘖嘖，這娘兒們生前可標致！」

「您老還說風涼話？」

「基本上沒什麼問題。先把胸脯裡面的兩團肉挖掉，再縫起來；大腿上的脂肪用針挑掉；屁股嘛，多按摩幾下，讓它變得更結實。不是我吹牛，雕塑人體的曲線，沒人比我更在行！」

「唉，您老說什麼？又不是要您幫她減肥，是要請您把她弄得像個男人……不，男屍！」

「我當然知道！我『天下第一修屍匠』的名頭豈是平空得來的？」老糞團不悅的敲打著女屍的背脊。「你這事兒，只有一樁難辦。」

「什麼？」

「『那個東西』要到哪裡去找呢？」

天涯何處有「鞭」尋

李滾楞了楞：「聽說您老不都是用狗鞭、驢鞭、馬鞭，縫上去就成了嗎？」

老糞團陰森冷笑：「狗、馬、驢？你去給我找找看！方圓五百里之內，你能找到一根螞蟻鞭，我就把腦袋剁下來送給你！」

李滾又一楞：「說的也是，會動的東西早就被吃光了。」

老糞團聳了聳肩膀，譏笑的盯著他：「一文錢難不倒英雄漢，但是一根鞭嘛，如今這年頭，可真是上窮碧落下黃泉囉！」

倒楣的男屍

李滾尋思半晌，突地咧嘴大笑：「有了！您老等著，我去去就回。」

李滾飛也似的奔出小鎮，又來到那頭顱已被姜小牙砍走的男屍墳堆前。

「好兄弟，我沒福氣拿走您的腦袋，但借用一下您的『那個東西』，總可以吧？」

不由分說，拔出佩刀，「滋」地一下就把屍體的「那話兒」給割了下來。

「好兄弟，得罪了！」

李滾喜孜孜掉頭跑回小鎮的同時，那男屍驀地發出一聲慘烈的叫嚷，只可惜，並沒有人能夠聽得見。

終於修好了

老糞團精雕細琢的把男根植入女屍，縫妥，然後很滿意從各種角度端詳半日：「我就不相信有人能看出破綻。」

「確實，您老有一套！」李滾高興的說。「多謝您老相助，沒齒難忘！以後咱們營裡再有這種生意，一定介紹您來做。」

老糞團冷哼：「最好別來。」

李滾扛起「男相女屍」，一邊忘形的邁動跳舞般的步伐，一邊哼著小調回營交差去了。

「總算各取所需，物盡其用。」老糞團譏嘲的一晃腦袋。「這齣鬧劇也該收場了。」

姜小牙取走了死人頭，李滾抱走了全屍，老糞團則賺到了五個大饃饃，本來當然是個皆大歡喜的大結局。

還沒完哩！

就在這片黃土地上的官軍、流寇、修屍匠，全都心安理得、沉睡入夢的時刻，墳堆那邊突然爆發出一陣翻天覆地的騷動。

先是沒頭沒卵的男屍吼了一聲：「怎麼把我的東西都拿跑了？」

繼而，女屍的冤魂幽幽一嘆：「你好歹還剩了個身體，我連身體都不見了。」

男鬼氣憤大嚷：「什麼世界嘛這是？」

這對倒楣的男女雙鬼其實才剛死不到半天，兩縷幽魂正在前往地獄的途中，不料留在人間的屍體竟發生了驚人的變化。

把守「奈何橋」的牛頭馬面，猛地看見這兩個不男不女的鬼魂蹣跚前來，不禁搔了搔頭皮，相對瞠目。「怎麼會這樣？」

一男一女兀自莽撞前衝，立被牛頭馬面的鋼叉攔下。

「閻王有令，地府絕對不收性別不明的生物。」

男兒嚷嚷：「我是男的沒錯！」

女鬼哭泣：「奴家自是女身！」

牛頭馬面瞅了瞅男鬼沒有東西的胯部，又瞅了瞅女鬼多了個東西的下體，冷笑道：「這嘛，很難教人相信！」

「那要怎麼辦呢？」男女雙鬼面面相覷。

「很簡單。」馬面好心指點出明路。「若要進入輪迴，轉世投胎，下輩子尋個好人家，你們就一定先要把自己的性別搞清楚、屍體也要完整，否則只好孤魂野鬼三千年，飄飄於人世，天地無歸宿。至於，弄壞了你們屍身的那兩個死賊，沒得好說的，冤有頭、債有主，必要讓他們得著報應！」

男女雙鬼一起點頭：「不勞兩位公公提醒，咱們本有此意。」

言畢轉身，齊回人世而來。

鬼這種東西

中國有「二十五史」，歐洲有「羅馬史」，世界有「世界文明史」，美洲有「西部開拓史」。

遺憾的是，獨缺一部「鬼史」。

關於鬼怪的記載，散見於各種極端嚴謹的歷史著作之中，從伊底帕斯、凱撒、哈姆雷特到浮士德，從唐太宗、鍾馗到聶小倩……我敢說，扳起全人類所有的手指頭都數不完。如此舉足輕重的物種，爲何不能在生物學上，與「爬蟲類」、「兩棲類」甚或「顯花植物類」並列？實在是十分令人憤慨的差別待遇。

今天的歷史學者，只剩下唯一的一件工程能夠媲美司馬遷，那就是徹底完成一部「鬼史」。

人有人權，鬼也該當有鬼權，吾輩應謹記在心，切勿輕忽，否則夜半被鬼抓走，我可救不了你！

男女鬼的來歷

姜小牙與李滾做夢也想不到，被他們隨意擺布的兩具屍體，生前竟是令黑白兩道聞風喪膽的厲害角色。

江湖上有所謂「一抓二劍三快刀」，指的就是當世最傑出的六個武林高手。

排名第一的叫做「天抓」霍鷹，一條三丈六尺的「擒龍飛抓」神出鬼沒，十三年前單人匹馬，一夜之間盡屠「伏牛十八寨」的響馬三百六十五人，威名直動朝廷，使得當時天子熹宗皇帝派出上千個錦衣衛，四處查訪他的蹤跡，只求能見上他一面，終歸徒然。

「三快刀」是「刀王」花盛、「刀霸」葉殘、「刀至尊」木無名，自然各有一身驚人藝業，不在話下。

至於「二劍」指的就是這兩個鬼，男的叫「風劍」燕雲煙，女的叫「雨劍」蕭湘嵐，兩人打從出道就是死對頭，互爭雄雌，全不相讓，曾經從天山一路鬥到南海，整整廝殺了三十三個晝夜，仍分不出勝負。江湖中人有那嘴快的，便把這回事兒編了個名目，喚做「風狂雨驟，天地世仇；風雨雙劍，不死不休」。豈料此刻，不知是何緣故，這兩個冤家竟眞的同時葬身黃土高原，遺留下至死也未完成的心願與永世的遺憾。

姜小牙的睡眠習慣

只有兩種哺乳類動物會仰躺著睡覺，人和貓。

只有兩種生物會在睡夢中打鼾，人和豬。

只有兩種肉食性野獸會在黑夜裡磨牙，人和狗。

由此可見，人類的低賤達到何種程度。

而姜小牙的習慣比上述三種更糟糕，除了仰躺著打鼾、磨牙之外，他還會夢遊。

這夜他又夢遊到營外，驀地一股寒風有若剃刀般朝準喉管猛掃而至，姜小牙陡發一陣哆嗦，漸漸醒轉過來。

「風劍」燕雲煙的鬼魂正站在他面前：「你就是姜小牙？」

姜小牙抹了抹臉，完全搞不清楚狀況。「又夢遊啦？眞要命。」不管三七二十一，回身就走。

燕雲煙一閃身又攔在他面前：「你瞧瞧我是誰？」

姜小牙的睡眼至此方才焦聚集中，看清楚了燕雲煙的相貌，嚇得大發一聲喊：「媽呀！」蹶著屁股想要跑。

燕雲煙怒喝：「還我的頭來！」

姜小牙雙腿一軟，「咕咚」跪倒。「大爺，饒了我吧！我也是被逼得沒法兒……」

「我的頭在哪裡？」

「繳上去了。」

「帶我去找。」

戰利品排列在最顯眼的陣營前方，上百根竹竿懸掛著上百顆首級，在暗夜裡紛紛展露他們這苦難的一生中最寧謐恬靜的微笑。

姜小牙顫抖著在竹竿陣內繞了三圈，硬是找不著燕雲煙的頭顱，急得渾身冒汗。

「你要我？」燕雲煙伸出陰綠森森的鬼爪。

「我……我沒騙你……」姜小牙沒奈何，喚醒那正在偷睡覺，負責看守戰利品的衛兵。「今天繳上來的頭顱統統都掛在這裡嗎？」

「廢話！還會偷跑去吃飯不成？」衛兵沒好氣的回答，又閉眼想睡，猛然想起了什麼。「等等！閻王兩個時辰前來過一次，看見一顆腦袋的相貌滿好，就把它拿走了。」

燕雲煙急得亂叫，但根據某種法則，自古以來的鬼魂都具有一種特性——除了要算帳的那個人之外，素無冤仇者根本看也看不到、聽也聽不見。

姜小牙安撫住暴躁的鬼魂，繼續追問衛兵：「閻王把它拿去幹嘛？」

「唉，你又不是不知道，」衛兵不耐煩的打了個呵欠，還好在重回夢鄉之前，洩露出這個問題的答案：「閻王的酒杯都是人頭做的！」

李滾的撒尿習慣

只有兩種哺乳類動物能夠翹起腳尿尿，人和狗。

只有兩種生物能夠把花草尿死，人和貓。

只有兩種雜食性野獸能夠把自己的尿喝下去，人和豬。

由此可見，人類的低賤達到何種程度。

而李滾的習慣比上述三種更糟糕，除了翹腳、尿含強鹼、嚴格奉行「喝尿爲強身之本」

而外，他還有一個毛病——夜尿頻繁，每晚必起床三次不可。

這晚他第二次起床，走到營外，還沒解開褲襠，就如木偶僵在當場。

「雨劍」蕭湘嵐美如天仙的容貌透出陰慘慘的綠氣。「死胖子，你還認識我嗎？」

李滾摸了摸腦袋：「有鬼！」轉身就走。

「當然是鬼！」蕭湘嵐飄在他耳朵後面吹氣。「想不想我一口把你的頭咬掉？」

李滾當即崩潰，跪地號啕：「姑奶奶，不能怪我……別來找我……」

「不找你找誰？」蕭湘嵐恨恨磨牙。「你爲什麼要把我的屍體弄成那等怪模樣？」

「我再也不敢了……」

「你還有『再也』的機會？」蕭湘嵐十指尖尖，摳住李滾的後頸。「帶我去找回來。」

官軍的習性比流寇還要齷齪。李滾領著蕭湘嵐來到火營，搖醒睡夢中的火頭軍：「今天繳上來的屍體都下鍋了嗎？」

「早就煮爛了。」火伕從充滿了美食的夢裡醒轉，還嘖了嘖舌頭。「咦，你是李滾兵爺嘛！不是我拍您的馬屁，您今晚繳來的那具屍體可眞好吃，細皮嫩肉，跟娘兒們一樣！拜託，下回多殺一些這種的。」

刀王與刀霸的搏鬥

燕雲煙沒頭沒卵的屍身兀自暴露在狂沙漫土之下。

驀地一條人影來到墳堆前，陰惻惻的笑了兩聲：「燕雲煙，想不到你英雄一世，卻也落得這般下場。」

話沒說完，就先迫不及待的踢了燕雲煙幾腳：「老子『刀王』花盛，你還記得吧？五年前挨了你一劍，如今可是加倍討回來了。」

花盛一邊說，一邊又狠踹了十幾腳。怒氣終於發洩完畢之後，這才蹲下來，在屍身上亂摸，喃喃自語：「奇怪，你奉朝廷之命前來這鳥不生蛋的地方，當然有所圖謀……身上一定帶著稀奇古怪的寶貝，或藏寶圖之類的東西……咦，這是什麼？有了！」

花盛大呼小叫，背後的暗影裡鬼魅似的浮現另一條人形，手中的三尖兩刃刀騰騰欲動，正想揮斬出去，好個花盛連頭都不回，冷哼道：「『刀霸』葉殘，我等你好久啦！不這樣逗你，你還不肯出來呢。」

一語未畢，腰間的雁翎刀兜出一轉美妙絕倫的弧形，反手斜劈葉殘面門。

葉殘哈哈一笑，三尖兩刃刀有若怪龍噴火，朝十八個方向射出十八支火燄。

「你老哥沒什麼長進嘛？」花盛的雁翎刀倏地化作十八點寒星，一陣「叮叮噹噹」，將對方的十八刀全都撞了回去。

混沌如墨的黃土高原上，兩道白光翻騰跳躍，時而貼地盤旋，時而直衝九霄，凜冽的刀氣將遍地黃沙捲得亂飛亂舞。

兩人鬥到酣處，全身毛孔賁張，興奮之情有如禽獸交配到緊要關頭，花盛瞠目大喝，葉殘厲叫狂吼，雁翎刀與三尖兩刃刀連綿發出九十九響碰撞，直若鐵騎奔騰、銀瓶乍破，天地穹蒼都忍不住隨之呻吟。

第九十九響過後，花盛、葉殘各自踉蹌退出十餘步，同時跌坐在地，面如灰土，氣喘吁吁。

江湖人的懺悔

葉殘勉力哼哼笑道：「我沒什麼長進是不是？那倒要請問你，你又有什麼長進？」

花盛喪氣的低垂著腦袋，半晌不答言。

葉殘愈發得意：「打得你連頭都抬不起來了，看你還有什麼屁好放？」

花盛自嘲的諷笑了一下：「你以爲我被你打敗啦？笑話哩！我只是想到，十年前咱倆還能鬥上三百回合不分勝負，如今，只打了一百回合，就連骨頭都軟了，唉……眞是歲月催人老啊。」

葉殘一怔之後，臉色也陡然一黯：「沒錯……老了……眞的是老了……」

一剎那間，這兩個剛才還生龍活虎殺成一團的漢子，竟變成了一對同病相憐的難兄難弟。

「咱們所爲何來啊？」花盛又苦笑一聲，下巴朝著墳堆一指：「大半輩子爭強好勝，結果還不是如同燕雲煙、蕭湘嵐他們兩人，什麼都沒得到，只化作了幾根爛骨頭而已。眞沒意思！」

葉殘有些膽怯的一探頭，只看見一具無頭男屍：「你胡說什麼燕雲煙、蕭湘嵐？這裡只有一個死男人，還不知是誰呢。」

「我一路跟蹤燕雲煙到此處，昨日傍晚失去了他的蹤跡，我找了半天，剛剛碰到一個當地人，他親眼看見『風雨雙劍』在這裡廝殺，拚了個同歸於盡……」

「這裡的笨百姓哪知什麼風雨雙劍？」葉殘追問。

「你更笨，他有聽到他們自報名號。而且，這身服式就是燕雲煙一路上所穿的沒錯。」

「但是怎麼燕雲煙的頭也沒了、卵也沒了，蕭湘嵐呢，更是屍骨無存。」

花盛又罵：「當然是被盜了墓，笨！」

「這些盜墓賊眞缺德！」葉殘不停搖頭，繼而想起了主要目的。「他倆千里迢迢的跑來這裡，到底是爲了什麼？」

「誰曉得？」花盛沒好氣的說。「我來晚了好幾步，他倆即使再身懷什麼稀世珍寶，也早就被人家拿走了。」

葉殘兀自懷疑：「你剛才眞的沒搜到什麼東西？」

「我搜到個屁！只是想騙你現身罷了。」

葉殘頹喪的思忖半日：「死馬當成活馬醫，說不定還有些東西沒被人搜著呢？」

「說得也對！」花盛眼睛一亮。「再搜搜看！」

兩人同時撲向燕雲煙屍身，一個倒提起燕雲煙的雙腳，一個亂扒他的衣服，一頓瞎搞，從燕雲煙的衣底飄出了一張紙條。

懺悔定律

花盛伸手就撿，葉殘的三尖兩刃刀立即斬向他手腕，花盛雁翎刀一翻，遮住對方來勢，左手仍向紙條搶去。

「你休想！」葉殘刀發如風，排山倒海一般盡朝花盛頂門猛劈，迫得花盛不得不縮回左手，雁翎刀捲起千層浪，連削帶打，反客爲主，攻往葉殘腋下必救之處。

雙刀撞擊，又「乒乒乓乓」的響了五十聲，糾纏不清的人影倏地分開，又各自倒在地下喘氣，說巧不巧，那張紙條就正好落在兩人中間。

「唉，老了！」花盛幽幽嘆息。「只不過五十回合就累得像孫子。」

「沒錯沒錯，老了老了！」葉殘口中漫應，眼睛則盯著紙條不放。

花盛故做無所謂的哈哈一笑：「只是一張紙嘛，有什麼了不起？」

「真的沒什麼了不起。」葉殘掙扎著站起。「我走啦。」

花盛拱手相送：「葉兄保重，一帆風順。」

「多謝！」葉殘驀地一溜身，衝向紙條，不料花盛的雁翎刀早已攔在面前。「你當我是三歲娃兒？」

「你當我是白癡？」

兩人狠狠相瞪。

「有種再鬥一百回合？」

「花兄有興，小弟一定奉陪。」

兩人又僵持了一陣，花盛終於收刀，雙手一攤：「唉，算了，一張紙能有多少祕密？咱們一起看。」

「好，一起看。」葉殘說歸說，手仍按著刀柄，動也不動。

「怎麼？怕頭一伸出來就被我砍掉不成？」花盛譏刺一笑，當先探首望向紙條，葉殘哪敢怠慢，連忙伸長脖子。

紙條上只寫著兩行字：

米脂西北二百里，三峰子，李繼遷寨，翻越鷂子坡，樹林。

二十三座正中兩座，黑碗白蛇。

腦筋急轉彎

自古以來，似乎所有的寶藏之謎，都如此這般令人難解。

花盛楞怔怔的道：「這其中顯然有機關。」

「沒錯。」葉殘同意著說。「『米脂』當然指的是米脂縣，『西北二百里，三峰子，李繼遷寨』應該也是地名，去後便知；『鷂子坡，樹林』更是其意甚明；但……接下來的兩句可就不知所云了，什麼叫『二十三座正中兩座，黑碗白蛇』？」

兩人大眼瞪小眼的考證了半天，一起搖了搖頭：「猜不出來。」

「等等！」花盛眼神一凝。「那個拿走燕雲煙頭顱的人，說不定取得了更具體的線索。」

葉殘哼道：「那個人是誰，你知道嗎？」

「我不知道，但可能有一個人會知道。」

「修屍匠『老糞團』？」

中。

「你眞聰明！」

這句話的話尾還未落定，花盛、葉殘兩條鵰鷹般的身影，已迅快絕倫的沒入黑暗之中。

闖王的酒杯

明朝末年的流寇大首領──「闖王」李自成原本並非是個好酒貪杯之人，但自從他十九歲與第一任妻子韓氏成親的那天晚上，發現自己身上居然比別人少了一根骨頭之後，借酒消「恥」便成爲他終生的毛病。

這晚他正把燕雲煙挖空了的頭顱，裝上酒精濃度高達八十度的白酒，三口當一口往喉嚨裡猛灌之時，耳中迴響起十四年前韓氏用盡了雙手和嘴巴的力量之後，忿忿然的話語：「還不硬？你怎麼是個扶不起的阿斗？」以及緊接著人頭落地的一響清脆的「咔嚓」與血液四濺之聲。

「這不能怪我啊。」李自成碧綠色的鷹眼中露出幾許無奈，聳了聳肩膀，打了個酒嗝，繼續不停的把燕雲煙的腦殼湊到嘴邊。

他當然想不到，就在此時，躲在中軍帳外向內偷窺的姜小牙與燕雲煙的鬼魂，正急得陀螺般團團亂轉。

「這個狗賊！」燕雲煙摳耳撓腮，暴跳如雷。「這樣糟蹋我的頭？」

姜小牙痛哭失聲：「都是我不對，我拚了命也要把你的頭搶回來！」說完了，眞想往帳內衝去。

燕雲煙趕忙攔下：「你這樣有勇無謀，成得了什麼大事？」

姜小牙仍抽抽噎噎的，活像自己的頭也變成了酒杯。

燕雲煙這才仔細的把他從頭瞅到尾，見他是個還不滿二十歲的鄉下小伙子，看起來還頗憨厚老實，一口白牙閃閃發亮，尤其兩顆小虎牙特別顯眼。

「唉，好好一個年輕人，奈何竟做出這等齷齪勾當？」燕雲煙嘆息不已。「就是生錯了時代。」

姜小牙止住哭泣，偏著腦袋左思右忖，忽地一拍巴掌：「你等著。」拔步奔向竹竿陣，隨便抓了個頭顱，又跑了回來。

「你想幹嘛？」燕雲煙可眞應了一句俗話：「丈二金剛摸不著腦袋。」

「看我的。」姜小牙抱著那顆首級往大帳前面一坐，放聲痛哭。

闖王帳前衛士趕忙衝前，厲喝道：「你不要命了？膽敢在這裡鬼嚷鬼叫？」

姜小牙哭得更傷心：「我就是在哭鬼！」

帳內闖王李自成恰正喝到脾氣最壞、酒品最不佳的階段，猛地一拍几案：「把那個混帳東西推進來，我親手剮了他！」

十二名衛士七手八腳的把姜小牙擒捉到李自成面前。「跪下！」

姜小牙乖乖跪倒，大哭道：「大王啊！小的死不足惜，但大王的龍體若不知保重，千千萬萬跟隨著大王打天下的弟兄們的前途就完蛋了！」

李自成聞言一怔：「我怎麼沒保養身體？」

姜小牙一指闖王手中的酒杯：「那個死人頭不能用！」

「爲啥？」

「今日在戰陣之上，小人瞧得眞切，這顆首級的主人是個滿身爛瘡的傢伙，大王想想看，他的腦袋裡藏著多少致命的毒菌？」

燕雲煙又好氣又好笑，喃喃罵道：「小兔崽子，這樣誣衊我？」

李自成嚇得把酒杯一放：「眞有這事？」

姜小牙磕頭如搗蒜：「千眞萬確，決非誑語！所以剛才小人在大帳外忍不住痛哭，實因想起大王如果……如果被傳染上瘟疫，咱們這偉大的革命隊伍豈不是群龍無首了嗎？」

李自成趕緊把燕雲煙的頭顱摜到地下：「卿言甚是。」

姜小牙捧上懷中首級：「此爲經過小人精挑細選，曹變蛟手下的『把總』，用他當酒杯，決無問題。」

李自成面色大霽：「愛卿眞乃有心人也。衛士，怎麼亂抓人？小心我把你們統統剮了！」

衛士們膽裂心摧，摸著鼻子退出帳外。

李自成虎步龍行，走下帥座，雙手扶起姜小牙：「愛卿何名？」

「小人姜小牙，願爲大王效命，萬死不辭！」

「好，很好！我會記住你。」李自成接過姜小牙胡亂摸來的頭顱，又坐回原位大喝起八十度的白酒。

姜小牙乘空把燕雲煙的腦袋裝入袋中，老鼠似的溜出大帳。

鬼魂也瘋狂

燕雲煙將這幕荒謬的場景全看在眼裡，止不住擊節讚嘆：「姜小牙啊姜小牙，我實在不應該誇獎你，但你眞是鬼靈精。」

姜小牙得意洋洋的把腦袋物歸原主：「總可以將功折罪了吧？」

燕雲煙正想點頭，忽又想起更重要的事情：「頭是拿回來了，但我的卵呢？」

姜小牙一楞：「什麼卵？」

「我的卵也被人拿跑了啊！」

「那我怎麼知道？我只割了你的頭……」

「不行，你一定要幫我把卵找回來，否則你會死得很難看！」燕雲煙陰森森的綠臉上現出不可理喻的神情。

姜小牙萬般無奈：「可你總要告訴我，怎麼去找？」

燕雲煙沉吟半晌：「我也不曉得被誰拿跑了，但是……有個人可以問。」

「您別說，讓我猜猜——修屍匠『老糞團』？」

「姜小牙，我眞的是愈來愈喜歡你了。」

老糞團情報站

當這一人一鬼來到廢墟裡的時候，老糞團剛剛被折騰掉了半條命，癩蝦蟆似的趴在殘磚廢瓦裡喘息。

「老糞團，怎麼搞的？」姜小牙扶著他坐起。

老糞團滿臉是血，奄奄一息。「今天到底是什麼黑煞凶日？所有的倒楣事兒都讓我碰上了！」

「誰把你打成這樣？」

「『刀王』花盛和『刀霸』葉殘。」

燕雲煙聽在耳裡，止不住心頭一震：「快問他，這兩人意欲何爲？」

姜小牙依言相詢，老糞團搖了搖頭：「我幫一個官軍叫做李滾的，修了一具屍體，不料剛剛花盛、葉殘兩人跑來，硬要問出那具屍體的下落，我也告訴他們了……」

「那爲什麼還要打你？」

「因爲他倆異口同聲的說那是一個叫『燕雲煙』的屍體，但我說那屍體不是男的，而是一個女的……」

姜小牙腦中靈光閃現：「等等，你把女屍修成了男身，對不對？」

「沒錯。」

「『卵』從哪裡來？」

「我怎麼知道？是那個李滾胡亂找來的……」

姜小牙高興的向燕雲煙的鬼魂一拍手：「著哇！原來這麼回事。」繼續追問老糞團。「那李滾何許人也？」

「不過是大明左都督曹變蛟手下的一名小卒罷了。人家都已經沒東西吃了，他卻還長得肥肉團團……」

「好，謝啦，老糞團，來日必有重謝相酬。」

「唉，算了，你們別來找我的麻煩，我就謝天謝地囉。」老糞團有若驚弓之鳥，連連打躬作揖。「我只是個修屍匠，可不是情報販子。」

男人與女鬼的戰爭

李滾被蕭湘嵐舞動宛若驟雨的鬼爪驅趕入黃土地上黝黑如墨的重重暗影之中。

「你把我的身體還給我！」蕭湘嵐暴怒成狂，淒厲大吼。「你們怎麼敢把我吃掉？本姑娘至死守身如玉、貞潔無虧，你們怎麼能夠這樣對待我的身體？」

蕭湘嵐吼著吼著，忍不住哭出聲來。

李滾想起官軍的作爲，實在過分，當即囁嚅著安慰：「我也沒想到事情會變成這樣……姑娘，我眞的對不起妳……」

「現在才說這些，還有什麼用？」蕭湘嵐鬼身直逼李滾面前。「我非把你掐死不可！」

李滾雙手摀臉，慘叫出聲：「姑奶奶，饒了我！」

蕭湘嵐幾次三番想用爪子掐斷李滾的咽喉，怎奈李滾陽壽未絕、人氣濃重，任憑蕭湘嵐用盡鬼力也動不了他分毫。

蕭湘嵐生前以一柄「雨劍」掃遍大江南北，除了「風劍」而外未逢敵手，栽在她手下的男性武林高手，有跡可考的便超過八百三十一人，不料如今連個猥瑣齷齪的凡夫俗子都奈何不得，心中之氣苦可想而知。

「我跟你拚了！」蕭湘嵐泣血厲喝。

李滾抱頭嘀咕：「妳拚我有什麼用啊？吃都已經被吃了……」

男人女鬼兀自糾纏不清，花盛、葉殘的身影已無聲無息的出現在背後。

「就是這個小子！」花、葉二人欺身向前，一人抓向李滾的一條手臂。

李滾和蕭湘嵐正吵到興頭上，哪裡防著兩個武林高手偷襲而來，立馬被花、葉二人舉上半空。

「你們幹嘛？」李滾莫名其妙的嚷嚷，連蕭湘嵐都楞住了。

花盛冷哼：「你在燕雲煙的屍體上找著了什麼東西？說！」

葉殘威嚇：「小心咱們撕了你！臭胖子！」

當一個人像一個球

李滾驀地憶起自己出生時的那一剎那，圍在母親身邊的三姑六婆齊發一陣驚嘆：「好個圓圓滾滾的小傢伙！」

從小，每當同伴們玩膩了，總有人提議：「弄個球兒來耍耍。」

李滾便無可抵賴的變成大家的玩具，一邊被大家踢來踹去，並斥令著：「你滾啊？你怎麼不滾？」

李滾其實已經十分習慣自己的境遇，只是沒料到二十三年後的今天，兩名兇神惡煞也似的大人，居然也有玩遊戲的興致。

「拜託，放我下來！」兒時記憶閃過的瞬間，李滾的哭聲竟也變得跟奶娃娃一般稚嫩了。

史上最混的一場混戰

蕭湘嵐暗罵：「惡人自有惡人磨，天幸有人助我殺他，只是不知花盛、葉殘這兩個傢伙跑來這裡幹嘛？」

葉殘手下加勁，捏得李滾殺豬般慘叫。花盛忙道：「別弄死了他，先把他放下，話問完了再殺不遲。」

葉殘想想也對，正要把李滾放下，猛可裡心念電轉：「我把他一放下，花盛這傢伙可不就抓著他跑了？那我還搞個屁啊？」嘴上當即冷笑著說：「你先放，我就放。」

花盛的提議本來真的沒有這麼齷齪，不料葉殘竟以小人之心度君子之腹，不由得怒從心中起，惡向膽邊生，狠狠罵道：「你把我當成什麼卑鄙無恥之徒？想我堂堂『刀王』縱橫江湖二十餘年，何曾幹過偷雞摸狗的勾當？」

葉殘也自知理虧，臉上一紅，強嘴道：「知人知面不知心，花兒幹過什麼見不得人的勾當，我又怎麼會曉得？」

這下可把花盛氣得三尸暴跳：「葉殘，你眞的是活膩了！」

事已至此，葉殘更只得一口氣硬到底：「就憑你的那點能耐，也想恐嚇我？」

花盛忍無可忍，翻腕拔出雁翎刀，蓋頭蓋臉的一刀劈了過去；葉殘哪敢怠慢，三尖兩刃刀從背後衝起，直迎對方刀鋒。

兩人身形騰挪，刀出如風，只一眨眼，就走了三十六個照面，但悽慘的是，他倆各自抓住李滾一條臂膀的手掌絲毫沒有放鬆，攪得李滾肥腫的身軀時而被兩人扯直得如同一根棍子，時而又被兩人推擠成一團痲糬，簡直要把五臟六腑都嘔吐出來似的大嚷：「我又不是麵條，被你們扯斷掉了啦！」

蕭湘嵐袖手旁觀，心中之快意簡直無可言宣：「這個壞東西就該受到這樣的懲罰，總算稍解本姑娘心頭之恨！」正自轉念未畢，忽覺身後一股陰風襲來，忙扭頭一看，竟是燕雲煙的鬼魂趕到。

「風雨雙劍」再度碰頭，即使都已同爲黃泉路上的冤魂，但四隻鬼眼交互碰撞出的火燄，仍如生前一樣熾烈。

「燕雲煙！你又跑來幹嘛？莫非還沒嘗夠本姑娘手中劍的滋味？」

燕雲煙一聽此言，所有在人世間未完結的怒氣，止不住一起翻湧而上心頭：「笑話！

我還會怕妳不成？」

「你還敢再鬥三百回合嗎？」

「只要妳有興致，我一定奉陪到底。」

震古爍今的「風雨雙劍」此刻根本手無寸鐵，只好以掌代劍，和身撲上，不料兩人已是鬼魂，你撲過來、她撲過去，直鬧得氣喘如牛，連對方的一根汗毛都撲不著。

燕雲煙焦躁大吼：「妳若有種，咱們再同歸於盡一次！」

蕭湘嵐嬌喝如雷：「就再同歸於盡又怎麼樣？難道我還會怕你不成？」

這三人兩鬼，正自糾纏得不可開交，卻有一人躲在暗處看得不亦樂乎，就是帶領燕雲煙鬼魂趕來此處的姜小牙。

姜小牙人也看得見、鬼也看得見，雖不知那女鬼究竟是誰，但也稍微了解到燕雲煙的死亡原因。「原來那兩個鬼是互相殘殺、至死不分勝負的武林高手，眞是有夠霸氣，比閻王與曹變蛟的拚搏更勝百倍！……但，爲什麼非要如此這般不死不休呢？除了不服輸之外，應該有更重要的理由吧？」

此時的姜小牙當然無法解答這個謎題，只得暫且拋開，轉眼望向屬於人的那一邊，又覺好笑：「那個官軍李滾可被整慘了，活該他扛著具女屍硬要去修理成男屍，眞沒品性！」

同一時間，李滾已被花、葉二人撕扯得渾身兩百六十個骨節都快分了家，但人類的潛能確實無限，在這種狀況之下，他仍有力量擠出全部的力氣，大叫出聲：「你們到底要問我什麼問題？」

花盛手上不停拚鬥，嘴裡仍有空哼笑：「你老實說，你在燕雲煙的屍體上搜著了什麼東西？」

李滾瞠目結舌：「什麼燕雲煙？燕雲煙是誰啊？男的女的？」

葉殘一口痰呸在他臉上：「臭肥豬，你還眞會裝傻！燕雲煙當然是個男人！」

李滾叫起冤來：「兩位祖宗，小的決不敢打誑語，我挖走的那具屍體是個女人！」

花盛、葉殘雙雙一楞。「燕雲煙的屍體不是你第一個發現的？」

「兩位爺們如果說的是那具男屍，很對不起，我去的時候，他已經被挖出來了，而且連頭都沒了，我只把他的卵割走了而已。」

燕雲煙恨得牙癢癢：「果然是這傢伙的傑作！」

花盛、葉殘不可思議的同時把手一鬆，使得李滾「砰」地一聲跌落地面。

花盛心念電轉，又問：「那你把燕雲煙的卵怎生處置了？」

李滾哀哀相告：「『那個東西』和那具女屍一起都被官軍吃掉了。」

花盛、葉殘面面相覷，完全不知應該如何反應；然而燕雲煙乍聽此言，鬼腦中一陣暈眩：「什麼？好不容易把頭找回來了，卵卻被人吃掉了？那我要怎麼投胎轉世啊？」

蕭湘嵐更被這傷心事兒勾得痛徹心肺，情難自已。

兩條鬼魂不約而同的對著高懸在黃土地邊緣的那顆銀盤似的月亮，發出心中最悲痛的呼號。

關於人類感覺器官的認知

所謂「五官」，究竟哪一個最敏銳？

最文明的生物最仰賴眼睛，次文明的生物則仰賴耳朵與鼻子，最低等的生物只能依靠觸覺。

其實追根究柢，眼睛是最不可靠的東西，您若不服氣，請仔細閱讀以下的論述：結婚三個月之後的某天早晨，您從床上坐起，偶爾回眼一望，看見身邊竟躺著一個臉皮發皺、眼泡如黑饅頭、一邊打呼一邊還從嘴角淌出涎液白沫的怪物，您能不承認，婚禮當天您的眼睛根本是在開您的玩笑嗎？

耳朵與鼻子則不會這樣陷您於絕境，鐵一般的事實是：從沒碰過哪條狗會抱怨自己擇偶不當、遇狗不淑。

由此可以推知，當人碰見鬼，他的眼睛絕對視而不見，耳朵和鼻子則能發揮無與倫比的功用，尤其，不要忘了——此刻正有兩個鬼一起放聲大哭哩！

膽量定律

花盛、葉殘只覺千萬縷寒意不打從一處冒上身來，兩人同時掃視黑漆漆的四周，厲喝道：「什麼鬼東西躲在那裡？還不快滾出來？」

然而鬼哭之聲愈發淒厲，卻連個鬼影子都看不到。月亮正撇開漫漫雲層，灑下無法在光譜中占據明確位置的光線，把每一件物事都照耀得通體透明、顯出夢幻的色彩。

花盛機伶伶的打了個寒顫，悄聲問道：「葉……葉兄啊，怎麼回事？」

半晌沒聽到答話，轉頭一瞅，那葉殘早已嚇得跟隻刺蝟相似，全身縮成一團，不停的抖著呢。

花盛沒好氣：「你怕什麼呀？」

「鬼啊！」葉殘哆嗦連連。「想我『刀霸』闖蕩江湖二十三年又十一個月，從沒怕過什麼東西，但只一樁——就是怕鬼！」

花盛更加氣惱：「什麼鬼？啥都沒看見，什麼鬼？鬼你奶奶的熊！」

一語未畢，燕雲煙、蕭湘嵐的號泣恰正達到極點，使得月光都開始震顫，花盛再也不敢胡說八道，一腦袋撞入葉殘懷中，雙手攀住葉殘的脖子。「葉兄啊，救命！」

不提這兩個武林高手相對擁抱得宛若兩頭孤苦伶仃的無尾熊，李滾乘機伸了伸手腳，還好都沒壞掉，心下暗忖：「此時不跑，更待何時？」翻起身來，沒命奔向黃土坡底。

蕭湘嵐跺腳：「又讓那死胖子溜了！」

燕雲煙也搔了搔頭皮：「偷我卵的傢伙，豈可不得著報應？」

兩鬼同時住口噤聲，花盛、葉殘兩人的膽子立即壯了幾分。「別讓那頭豬跑了！」刀王、刀霸騰身躍起，雙雙撲往李滾奔逃的方向。

一直藏身於黑暗中看戲的姜小牙，千不該萬不該，就在此時忍不住噴笑了一聲。

葉殘耳精目明，一眼瞥著姜小牙烏龜身子狐狸尾巴、躲在黃土坡後探頭探腦的嘴臉，當即心中一動：「這傢伙鬼鬼祟祟的幹嘛？莫非他也有分兒？」只這麼稍一遲疑，人已落在花盛後面，便自心想：「反正追也追不上了，不如去抓這個傢伙，說不定更有收穫。」半空中扭腰轉身，直衝姜小牙而來。

姜小牙萬沒料到看戲的竟變成了演戲的，見他來勢兇猛，只好喊了聲：「沒我的事！」掉頭就跑。

姜小兔子八條腿

姜小牙的父親當年懷抱著剛剛出生的兒子，用粗大的手指翻開他的嘴巴一瞧，馬上打了個寒噤：「好個兔崽子，牙齒怎麼這麼大？」

為了防止兒子將來眞的長得像隻兔子，所以才給他取名為「小牙」，意即「夠啦！牙齒不要再長啦！」完全沒有侮辱姜太公的意思。

但姜小牙仍然愈大愈像隻兔子，牙齒倒沒特別發達，只是特別白、特別亮，愛吃紅蘿蔔；出奇之處在於，他跑跳起來簡直沒人趕得上，同伴們後來編了首童謠以傳達大伙兒的羨慕與嫉妒：「姜小兔子八條腿，跑起路來像在飛；打斷他的八條腿，教他做個老烏龜。」

然而此刻，姜小牙再會跑，也無法和葉殘這等武林高手相抗衡，幸虧他鍛鍊多年的兔子步伐終究沒有白費，滑溜順暢、鷹狐莫測，只見他左跳一下、右閃三尺，好幾次差點被葉殘逮住，都能險而又險的避了開去。但他心裡當然明白，這般好運絕對維持不了多久，只要自己一口氣接不上，非被那殺人不眨眼的惡魔搓為齏粉不可。

「吾命休矣！」姜小牙正自悲嘆，一個黑黝黝的窯洞入口恰好出現在他面前，姜小牙哪管三七二十一，一頭鑽了進去。

黃土・窯洞・迷幻宮

即使在千萬年之後，這片黃土高原的地貌大概也不會有什麼改變。

但千百年以前的人們已經發現，這裡眞是挖洞的好地方。

人類無法根除的習性之最，便是偏好把身體蜷成一團，縮在娘胎裡睡覺；於是離開子宮以後的鄉愁，通常必須用挖洞藏身來加以完成。

黃土地，正好提供了這種條件。

放眼望去，那一個個蜂窩般的窯洞入口，井然有序的排列在土坡底下，您或許會以爲那是一戶戶獨立的人家，其實不然，很多上千人口的大家族，徹底發揮了螞蟻與蜜蜂的本性，將整座土坡挖成了擁有上千個洞口、上千條通道、上千間寢室與臥室的迷宮。

姜小牙此刻鑽入的窯洞，正是這種典型。

葉殘幾乎只差一步的緊隨著姜小牙撞入洞裡，眼看著就是甕中捉鱉的態勢，姜小牙身子一轉，登時不見蹤影；葉殘猛地一楞，冷不防一頭撞上洞壁，痛得他哇哇大叫。

好不容易回過神來，摸了摸頂門上腫起的大包，葉殘惱怒的一咬牙：「我就不相信你能逃得出去！」

右手持刀，左手探掌，沿著迷宮土壁一寸一寸的向前摸索，嘴裡兀自嘟囔：「兔崽子，別跑，讓你老子好好的砍你一刀！」

不是冤家不聚頭

姜小牙僥倖逃過一劫，渾身冷汗直冒，用盡了野獸的本能，一面傾聽葉殘的行動路線，一面朝反方向躲避。

這時他才發現，這座窯洞眞是百世都修不來的福地，通道聯著通道，三岔七拐的沒個止休。

姜小牙無可選擇，只得一味前進，但求離那兇徒愈遠愈好。

洞內伸手不見五指，茫茫然不知所終，姜小牙躡著腳步轉來繞去，沒多久便把方向感也搞丟了，心中暗想：「雖然逃掉了那個傢伙的追殺，但這裡進得來，出不去……搞不好就要餓死在這裡了。」

憂愁這、煩惱那，嘀嘀咕咕、顚顚躓躓，正跟自己鬧個沒完，一腳踢在一個肉團團的東西上面，跌了個狗吃屎。

只聽黑暗中一個人顫抖著說：「你們饒了我吧……我什麼事情都不曉得……」卻是李滾的聲音。

姜小牙暗暗好笑。「這個呆子也躲進來了。我認得他，他不認得我，正好嚇他一嚇。」當即壓低喉嚨沉聲道：「這下子你可跑不掉了！你放心，我不殺你，只要你告訴我，你爲什麼要割走燕雲煙的卵？」

「我……我沒辦法啊！」李滾都快哭出聲來。「除此之外，我眞的沒在他身上拿走任何東西。」

姜小牙腦中靈光一閃：「著哇！怎麼早沒想到？那兩個鬼從活人變成了死人，還在糾纏不休；那兩個使刀的又拚命想找『什麼東西』，莫非燕雲煙的屍身上眞藏著什麼寶物不成？唉，那時我只忙著割他的頭，沒先在他身上搜一搜……眞是錯失良機！」

正自發楞，驟聞右邊遠遠傳來葉殘的陰陰哼唱：「兔崽子，別跑！」

左邊則是花盛的叨叨怒罵：「死胖子，躲到哪裡去了？給我滾出來！」

李滾一楞。「那兩個壞蛋都還離得遠，這傢伙卻是誰？」正想開口詢問，姜小牙早知他心意，忙摀住他的嘴，低笑道：「別嚷嚷，我也是被他們給追進來的，好在這窯洞既深又廣，只要我們不出聲，他倆摸一輩子也休想摸到咱們的一根毛。」

李滾囁嚅著說：「哪有這麼好？你不就找到我了嗎？」

姜小牙猛力拍了一下他後腦：「你就不會往好處著想？你們官軍還眞的都是一些不想贏、只想輸的混帳東西！」

很賤的牛頭馬面

月光下的燕雲煙、蕭湘嵐兀自相對發楞。

兩個鬼打也打不成，關鍵人物又都跑光了，眞不知還能幹嘛？

燕雲煙沒好氣的哼了聲，仗著自己總算找回了腦袋，逕奔地府。

牛頭、馬面把守「奈何橋」守了大半夜，正雙雙垂著頭打盹兒，萬沒想到燕雲煙又跌撞而來。

「話都跟你說盡了，你又來幹嘛？」

「我把頭找回來了。」燕雲煙得意洋洋的說。

「那有什麼用啊？」馬面瞅著他的下身。「還是少個東西。」

燕雲煙懊惱申訴：「被人家給吃掉了怎麼辦？」

牛頭忍不住噴笑出聲：「那你可慘啦！找不回那東西，你就只好當孤魂野鬼去囉。」

「稟告兩位公公，」燕雲煙低聲下氣。「難道別無他法可想？」

牛頭、馬面齊從鼻孔裡哼了一聲。「你在世時，自以爲英雄蓋世，目無餘子，任何難題都能手到擒來，並且都能有合理的解釋，你大概從來也沒想到自己會有今天吧？」

燕雲煙心頭一震，冷汗滾滾而落：「小人妄尊自大，以爲自己武功高強、罕逢敵手，已然洞徹天地玄機，宇宙任我縱橫遨遊，但今日方知井蛙窺天，莫甚於此，萬祈兩位公公恕罪。」

「那倒不必。」牛頭馬面賤笑不絕。「咱們在意的是，你生時從沒給咱們燒過半張紙錢，咱們如今又何必相幫於你？」

燕雲煙暗想：「可眞是有什麼人就有什麼鬼，地下比地上更黑！罷了罷了，生時英雄，死後雜碎，因果循環，報應不爽，也許本就是我該得的，沒啥可怨。」

心中念轉，表面上更加謙恭：「小人知錯，日後若能投胎轉世、重新為人，每天必當焚燒白銀百兩以上的紙錢，以壯兩位公公進出賭場之行色。」

一番言語使得牛頭、馬面窩心至極，哈哈大笑。

燕雲煙又一躬到地，哀哀求告：「還望兩位公公指點一條明路。」

牛頭、馬面當即笑咪咪的說：「壯士請勿多禮，當然有法可解。第一，千萬記住，你是砍你頭、割你卵、偷走你屍體的那傢伙的債主，你有權向他追討債務；第二，他若已把你的『原件』毀損掉了，那便要用他同樣的器官來還債；第三，如果他不願意，也沒關係，只消在他有生之年，把你的靈位供上，天天膜拜燒香，鮮花素果、金紙銀錢，四時不絕；十五年後，你便能取得再入輪迴的資格，並且絕對會投胎於五世富貴之家。」

燕雲煙聽得一楞一楞，牛頭馬面又逼近前來，嘿嘿笑著：「到那時，你可別忘了咱們的好處。」

這要怎麼解啊？

燕雲煙頹喪的往回走，卻見蕭湘嵐垂首坐在路旁，俏麗娟秀的身影在地獄的陰風慘霧之中，彷彿透出萬般無助。

燕雲煙暗嘆一聲，所有的恩怨情仇在這一剎那間暫且化為烏有：「蕭姑娘，妳莫傷心……」

哪知蕭湘嵐一抬頭，並沒有如他以為的那樣沮喪茫然，反而帶著微笑。

「妳還笑得出來？」燕雲煙莫名其妙。

「你想想看，人類因為不知道死了之後會怎麼樣，所以既怕死、又怕鬼，現在我們已經變成了鬼，發現自己居然又能蹦又能跳，所以死亡並不可怕嘛，這不值得高興嗎？」

燕雲煙想想也對，也就不那麼喪氣了：「這也可以算是參透了某種玄機，可惜無法著書立說，教化世人。」

蕭湘嵐想了想，又笑道：「你下輩子還會想變成一個劍客嗎？」

「唉，我想做的事情可多了，說書、唱戲、當皇帝。」燕雲煙長嘆一聲。「但這事情恐怕沒有妳想像得這麼簡單與美好。」

「卻是怎地？」

「那兩個兔崽子、死胖子，註定了是咱倆的冤家！剛才牛頭、馬面告訴我，我們一定要讓他們好好的活上十五年，天天膜拜我們的靈位，否則咱倆就必須先當三千年的孤魂野鬼，才能轉世投胎，這滋味可不太好受！」

蕭湘嵐想起姜小牙、李滾兩人，正在陽世被刀王、刀霸狠狠追殺，哪還會有活命的機會？一雙美目就快噴出泉水：「有這等事？那……豈不難了？」

躲貓貓定律

姜小牙、李滾蹲踞在窯洞的角落裡，半聲大氣兒都不敢出。

花盛與葉殘的腳步聲時而逼近，時而退遠，不停的繞著圈兒。

李滾忍不住悄聲道：「今天是什麼日子，啥麼玩意兒都讓我們碰上了，又是鬼、又是武功高得不像人的傢伙……我到底是不是在做夢？」

姜小牙冷笑道：「如果你是在做夢，那我也是在做夢囉？只可惜，我一點也不想夢到你！」

李滾仍不住嘀咕：「人世間果眞有這麼玄的事物，神仙鬼怪、武林高手……我的天，眞不敢相信是眞的！」

兩人一瞬間同時沉浸在宇宙的奧祕玄奇之中，胡思亂想得呆住了。

不知過了多久，李滾忽又道：「這樣下去也不行！總不能一輩子待在這裡？」

「你急什麼？這種時候就是比賽看誰有耐心。」姜小牙打了個呵欠，窩身躺下。「先睡他一覺再說。」

李滾焦躁之餘，音量也放大了：「你還睡得著？我都已經餓死了……」

「死胖子，你嚷嚷什麼勁兒？」姜小牙忙摀住他的嘴。「除了吃，你還會什麼？少吃一頓就會要你的命不成？」

兩人這一發聲，恰被正好走到附近的花盛聽得真切，登即撲了過來：「看你們還跑到哪裡去？」

「死胖子，你害死人了！」姜小牙慌忙順著洞壁翻滾閃躲，不料李滾嚇得六魂無主，竟抱住他的大腿不放。「不要撇下我一個人！」

姜小牙氣得拚命踹他：「各自逃命要緊，你扯著我幹嘛？」

花盛可早已飛掠至他倆頭頂，十指如鉤，猛抓而下：「一逮成雙，誰都別想走！」

姜小牙、李滾心內暗喊：「完了！」閉眼縮頸，有若甕中之鱉。

驀聞一高一低兩縷詭異淒厲的號哭，發自深不知底的黑暗之中，花盛嚇得渾身一顫，身子也偏了，手也歪了，正抓在洞壁上，土屑紛飛。

姜小牙、李滾乘機一溜煙滾出十幾丈遠，逃入另一條岔路。

花盛回過神來，怒喝追趕，已摸不著兩人奔逃的方向，氣得張嘴亂罵。

葉殘聽得這陣喧鬧，也趕了過來：「又被他們躲掉了？」

花盛怒道：「想我花某人早已年過四十，不料今日竟在這裡玩小孩子的躲貓貓，眞是愈活愈回頭。」

葉殘搖了搖頭：「花兄啊，剛剛那陣鬼哭，可令人毛骨聳然！依我看，這個鬼窯洞不宜久留，還是先出去再做打算，免得被鬼抓走了！」

「難道就這樣放過他們不成？」

「非也。適才轉了幾轉，我大略已知這窯洞的情形，當初或許有很多出口，但年深日久，幾乎都已被黃土風沙掩埋，只剩下一個出入口而已。換句話說，只要我們守住那個洞口，就不怕那兩個小子飛上天去！」

花盛想想也對：「洞裡沒有糧食，除非他倆的胃是鐵打的，否則必然俯首投降。走吧，守住外面。」

人鬼互助功德會

姜小牙、李滾逃過一劫，正自相對安慰，燕雲煙、蕭湘嵐的鬼魂又雙雙出現在面前。

李滾悲嘆一聲：「躲過了老虎躲不掉狼，反正今日就是咱倆的忌辰。」

蕭湘嵐哼道：「臭胖子，你想死？沒那麼容易！本姑娘起碼還要讓你活上十五年。」

姜小牙、李滾一楞。「爲啥？」

燕雲煙把牛頭、馬面的話，細細轉述了一遍。

姜小牙猛打一下李滾後腦：「都怪你們官軍亂吃屍體，把燕大俠的卵、蕭女俠的……蕭女俠的……」「蕭女俠的什麼」可說不出口，只得又拍李滾一巴掌。「把自己害慘了吧？」

李滾感激涕零：「小人實在對不起兩位，都是我的錯！結果兩位垷在竟還希望我能活上十五年，這般大恩大德，小人沒齒難忘！」

姜小牙冷笑不休：「兩位有此心，但未必有此力！」

燕雲煙鬼臉一沉：「兔崽子，這是什麼話？」

「兩位畢竟是鬼，那兩個使刀的傢伙卻是人。他倆守在洞口，我們根本出不去，不上七天就餓死啦，怎麼還能活上十五年？」

燕、蕭二鬼齊聲大笑：「你未免太小看咱們了。要水，這裡就有水……」

他倆伸出鬼爪隨便往洞壁上一指：「不信，你們挖挖看。」

姜小牙拔出隨身的解手尖刀，朝壁上一剜，泉水果然源源湧出。

二鬼又道：「要食物，洞裡有……」

李滾嚥了口饞涎：「洞裡有什麼？」

蕭湘嵐又伸手一指，指向倒掛在洞壁頂端的一大片黑壓壓的東西：「你只管瞧瞧。」

李滾抬頭一望，叫苦連聲：「那個也能吃？不怕把人都吃死掉啊？」

燕雲煙哂道：「蝙蝠很營養，吃上一個月，包管你這個死胖子變得更胖。」

姜小牙抗議：「聽說蝙蝠這種東西最會傳染瘟疫，哪能往肚子裡塞？」

蕭湘嵐呸道：「世上沒有任何一種瘟疫比你們兩個更毒！」

姜小牙再提出質疑：「吃喝的問題先不管它，那兩個守在洞口的傢伙要怎生打發？」

燕、蕭二鬼齊聲冷哼：「你們這兩個死沒良心、偷屍體的賊，竟然歪打正著，得到別人求也求不來的造化！還不快跪下，拜師學藝？」

姜小牙、李滚相對楞眼了半天，腦筋兀自轉不過來。

「你們還在幹嘛？咱倆『風雨雙劍』縱橫江湖，多少人酬重金、發重誓，只想求我們傳授一招半式，終不可得。你們這兩個豬狗不如的貨色，咱倆今日主動要收你們爲徒，你們卻只會在那兒發傻？」

姜小牙畢竟機伶，「咚」地一下五體投地：「多謝恩師成全！」

李滚還搞不懂怎麼回事，氣得蕭湘嵐猛力吹了他一臉鬼氣：「死胖子，我要教你功夫，去打走那兩個壞蛋，你懂不懂啊？」

李滚這才醒轉過來，非常有自知之明的摸了摸肥油團團的腦袋：「妳要教我武功？拜託！我學得會嗎？」

有這種比豬還笨的徒弟！

燕雲煙、蕭湘嵐生前沒當過師父，完全不知道「爲人師表」的痛苦。

自願成爲姜小牙、李滾兩人的師父才不過半天，他倆終於明白孔老夫子之所以會被千萬後代推尊爲「至聖」的原因。

「只教一個徒弟就被氣死了，居然有人敢教七十二個？」燕雲煙指著姜小牙的鼻尖，從他周朝的遠祖開始罵起，才罵到唐朝就已辭窮，只氣得把一雙鬼眼瞪得突出眼眶。

姜小牙強笑道：「師父，別裝這鬼樣子嚇人，我好好練就是了嘛。」

「風劍」的拿手招式共有三十七招，江湖人稱「風劍三七」，相對於「雨劍三八」，可謂絕配。

但姜小牙學習風劍第一招「風起雲湧」，就花了一整天的功夫，且還學得不像樣子。

「風！什麼叫做風？」燕雲煙跳腳不休。「哪會像你這般細手細腳的好似在繡花？大風吹！狂風吹！吹掉你這顆豬腦袋！」

姜小牙苦著臉說：「風嘛，成天吹過來吹過去，有何意義？有何目的？你還罵我是豬呢，我看這風比豬更無聊！」

「你懂什麼？風乃天地之氣，和則孕育萬物，暴則摧山倒海，順時縱橫九洲，逆時阻絕生機。尤其這第一招，更是『風劍三十七式』的精髓所在，雲從龍，風從虎，大風起兮，猛虎出焉。你瞧你自己這副德性，老虎撒尿也不是這樣！」

姜小牙正擺了個架式，活像一隻瘸腳貓正想跳到桌上去偷魚吃。

燕雲煙想要扳手扳腳的矯正他的姿勢，但人鬼殊途，根本抓他不著，只能用嘴巴講，把張鬼嘴皮子都講爛了，姜小牙仍笑得像隻傻貓：「師父，這可對？」

燕雲煙終於抱頭呻吟：「我寧願在地獄裡做三千年苦工！」

另一邊的情形也好不到哪裡去。若要說笨，李滾更比姜小牙笨上百倍，蕭湘嵐光是向他講解「劍」這種兵刃的特性，就花掉了五、六個時辰，兀自聽得一知半解，等到開始練習雨劍第一招「久旱甘霖人間至樂」的時候，更將蕭湘嵐折騰得七竅生煙。

李滾臃腫的身軀在窯洞內滾過來滾過去，兩隻胖手亂揮亂舞，宛若廟裡的彌勒佛像發了瘋。

「雨！什麼叫做雨？」蕭湘嵐氣到極點，鬼嗓子霍然吊高了八十度，刺得李滾耳膜辣辣作痛。「清明微雨行人斷魂，東風細雨芙蓉輕雷，渭城朝雨西出陽關，紅樓春雨萬里雁飛。雨之姿態何止萬千，可沒哪種雨下得像你這麼難看！」

李滾搭拉著肥肉團團的臉頰，囁嚅道：「雨滴也有很粗很大的時候……」

「死胖子——！」蕭湘嵐發出一聲徹底絕望的厲吼，就只剩癱在半空中乾喘氣的分兒：「當什麼師父？當鬼還比較輕鬆一點！」

風起雲湧殺蝙蝠

姜小牙不斷的在夢中懷念起身爲流寇的黃金歲月：氣喘如牛的跟在首領馬後奔跑、坐在井邊啃大饃饃、沒事蹲著發呆、晚上與同伴閒磕牙……諸般景象令此刻飽受折磨的他，稍稍得著一些安慰。

但當他又被燕雲煙鬼吼起來練功的時候，往事不堪回首的苦楚就更教他痛不欲生。

「唉，師父，你還是殺了我！」他的哀求只換得燕雲煙的陰陰冷笑：「你非得活上十五年不可！」

洞中無日月，姜小牙記不清自己跑進這見鬼的洞裡已有幾天，唯一確定的是，蝙蝠倒吃了不少，弄得滿地都是蝙蝠骨頭。

這也是燕雲煙被逼急了之後所想出來的辦法：「姜小牙，肚子餓了沒有？去抓蝙蝠來吃。」

姜小牙猛然想起許久不曾進食，胃中當即「咕嘟」一響，活像一隻受了媽媽虐待的小青蛙，涎液流滿口腔，哪管三七二十一，翻腕拔出解手尖刀，費盡吃奶力氣攀上洞頂，才一伸手，上千頭蝙蝠便撲騰翅膀，宛若一輛十六匹馬拉的黑色大馬車，狠輾過他頭頂而去。

姜小牙追來趕去，累得半死，連蝙蝠的尾巴都摸不著。

燕雲煙鬼笑連聲：「怎麼樣？想要有東西吃，就先把劍法練好。」

姜小牙實在餓得沒奈何，只好正心誠意，虛心受教。

燕雲煙正色道：「你從未修習過內功，毫無內力可言，但『風劍三十七式』乃燕某人畢生精華，非同凡響，你這幾天已把第一招——『風起雲湧』練了百次以上，雖然練得貓狗不如，可笑至極，但無形中，我燕某人獨創的『燕行一炁』已在你體內生根萌芽，不信你氣提丹田，仔細體察，與往昔有何不同？」

姜小牙稍一屏息，果覺精神抖擻，全身三千六百塊肌肉就像三千六百隻小老鼠蠢蠢欲動。

「喂，師父，眞的不一樣了！」姜小牙欣喜大叫。「我也有內功了嗎？」

「還騙你不成？」燕雲煙哂笑著說。「想我當世奇才，豈是浪得虛名之輩？」

姜小牙心忖：「世間還眞有『氣功』這種東西，當眞是宇宙之大，無奇不有，人類若果以爲自己已經什麼都懂了，那才叫做夜郎自大哩。」

燕雲煙續道：「永遠記住：劍有形，氣無形。眼中有劍，難登高堂；心中有劍，方睹全豹。以氣馭劍，以心出招；意在劍先，念在鋒前，意念所指，無堅不摧。」

姜小牙聽得似懂非懂，尋思道：「只要自己心想：蝙蝠掉下來給我吃，蝙蝠就眞會掉下來嗎？這可玄了！」

心中念轉，隨而手舞足蹈，七天來經由「風起雲湧」灌輸入體內的眞氣，頓時奔騰如風，恰正一隻肥頭胖腦的蝙蝠，不知好歹的飛掠過他上空，姜小牙想都沒想，連鎖反應的伸手一指，只聽「嗤」地一聲，一縷指風正彈在蝙蝠的翅膀上，將牠擊落地面。

姜小牙急忙一把抓起這隻笨得出奇的翼手目動物，三口兩口啃得滿嘴鮮血，邊自笑道：「師父，你這招『風起雲湧』用來殺蝙蝠，可眞有用呢。」

好個度假天

對於花盛、葉殘這兩個勞碌命而言，一輩子鮮少能夠享受到這麼悠閒的時光。

兩人在唯一的窯洞出口搭起了兩座帳棚，鎭日翹著二郎腿躺在吊床裡，聊七扯九、人五人六，比最多嘴的三八婆還要嘮叨，把千千萬萬江湖中人的個人隱私，彼此交換了個透徹。

「原來『八臂螳螂』的老婆是個花癡？唉，可惜，早知道就把她給上了！」

「『鐵掌金刀』的兒子罹患羊癲瘋？怪不得，上次到他家去喝喜酒，就覺得他兒子怪怪的。」

度過了難得的七天假期，忽然在一個豔陽高照的上午，兩個傢伙彷彿心有所感，同時從吊床上坐起。「那兩個混蛋總該餓得跑不動了。」

兩人拔出刀來，爭先恐後的奔入窯洞。

一個高叫：「兔崽子，我又來啦！」

一個大吼：「死胖子，看你還能往哪裡逃？」

唬死人的第一招

姜小牙與李滚這天正睡得迷迷糊糊，猛地聽見那兩個殺人不眨眼的魔頭又找上門來，登時嚇得膀胱緊縮、尿意盎然。

「師父啊，救命！」

燕雲煙、蕭湘嵐分在兩處，各自冷笑不絕的教訓徒弟：「怕什麼？他在明，你在暗，能躲便躲，不能躲時，就用我教你的招數給他一下子，教他不死也廢掉半條命。」

姜小牙、李滚兀自心下狐疑，但也沒他法可想，緊握住解手尖刀，把背脊貼在洞壁上發抖。

卻說葉殘摳摳摸摸的正朝姜小牙藏身之處走來，讓燕雲煙的鬼魂忙得不可開交，一下飄到這邊瞧覷葉殘行進的方向，一下飄到那邊指導姜小牙往何處閃避，怎料智者千慮，必有一失，沒防著一東一西的兩條通道兜了個大圈，又繞到了一處，姜小牙一逕往西躲，忽覺脊梁碰上了什麼東西。

「這下死定了！」

葉殘也一楞，回過頭來一看，可不正是那踏破鐵鞋無覓處的兔崽子？

葉殘哈哈大笑：「你命還眞長！不過，就算你是隻千年烏龜精，今天也逃不掉我的手掌心。」

一語未畢，左手五指猶如虎爪朝姜小牙肩頭抓來。

姜小牙無暇思索，解手尖刀劃出一道恍若龍捲風的詭譎漩渦，滾滾繞向葉殘手腕。

「咦，這不是『風起雲湧』嗎？」葉殘當年自然見識過「風劍三十七式」的厲害，萬萬沒想到燕雲煙分明已屍離骨殘，世間還有人能使出這驚天動地的一招，心中之震驚簡直難以言宣。「從沒聽說燕雲煙收過徒弟，這兔崽子莫非竟是鬼魂附身？」

渾身毛髮根根直立的同時，哭泣般的嚷嚷已發自他喉嚨深處：「媽呀，眞的見鬼了！」

美女與肥豬

葉殘沒命奔出洞外，花盛早已坐在帳棚底下抖個不停。

「咦，葉兄，你怎麼啦？」眼看葉殘面無人色的熊樣，花盛反而笑開了懷。「難不成你也見到鬼了？」

葉殘把頭點了好幾十下，方才喘過一口氣。「你也看見燕雲煙了？」

「誰看見燕雲煙？」花盛一楞。「我看見蕭湘嵐了！」

「眞有這事？」

「說來可玄了！」花盛憶起剛才的那一幕，兀自心驚膽跳。「我一路摸進洞裡，沒走多遠，就聽見一股很粗的呼吸聲，我心裡想著：一定是那死胖子發出來的。順著聲音慢慢靠過去，果然看見那傢伙縮在一個角落裡裝死。我就罵啦：『死胖子！你還沒餓扁？你再不說實話，看你老子送你上西天去！』我一面罵，一面伸手想把他拖起，他喳喳呼呼的叫嚷：『你不要碰我！』我說：『你還是娘兒們哩，不讓人碰？』話沒說完，就見他手腕一翻，亮出了一柄小刀……」

葉殘打了個哆嗦：「有何怪招？」

「那可眞的是怪了！」花盛失了半天神，不知在想些什麼，驀地渾身一顫，乩童般的上下抖動。「八年前，我在峨嵋山頂曾和蕭湘嵐那死娘們較量過一次，想我『刀王』闖蕩江湖二十餘年，未嘗敗績，不料那次……唉，眞是我畢生之恥！那娘兒們和我纏鬥了三百餘合，從頭到尾只使出一招……」

葉殘不可思議的瞪大眼睛：「只用那一招，你就破解不了？」

花盛喪氣的搖著頭：「不怕你老哥笑話，那簡直就像貓逗老鼠，她確實只用了『雨劍三十八招』的第一招『久旱甘霖人間至樂』，就把我殺得左支右絀，狼狽不堪……」

「剛剛那死胖子也正使出了那一招，對不對？」

「咦？你怎麼知道？」花盛摸了摸腦袋。「『雨劍』蕭湘嵐個性孤僻、孤芳自賞，天下沒人能跟她親近，當然從不收徒弟；即使她日後想通了，要收徒弟，可也不會選上那個豬一樣的臭胖子吧？你說是不是？」

「你眼睛沒花？」

「開什麼玩笑！八年前，我把這一招看了三百多遍，怎麼可能會看錯？」

葉殘大嘆：「這幾天碰到的怪事實在太多了！」

花盛又把頭皮「沙沙沙」的搔得像癩皮狗抓跳蚤，突然曖昧一笑：「有樁事兒倒從來沒認眞思考過……」

「什麼事？」

「莫非美姑娘都偏好胖男人？」

換徒俱樂部

姜小牙樂得在窯洞裡亂跳：「師父，你看到了沒有？那個『刀霸』被我修理得好慘！

我只這麼咻咻咻的一下，就把他打得屁滾尿流！」

燕雲煙只冷眼瞅著他，十分不爽的在他面前踱來踱去。

姜小牙奇怪的問著：「師父，我打贏了，你怎麼還不高興呢？」

燕雲煙冷哼一聲：「打贏了？你只需將這招『風起雲湧』練出半成火候，剛才出其不備，必能一擊成功。結果怎麼樣？竟讓他毫髮無傷的全身而退，你眞把我燕某人的面子給丟盡了！」

姜小牙兜頭被潑下一盆冷水，滿腔興奮瞬間化爲烏有，心中繼之浮起強烈的挫折感，垂首嘆道：「看來我根本不是塊練武的料，師父，你還是殺了我算了。」

只聽一個聲音幽幽冷笑：「我眞想讓你們死！只是尚未到萬不得已的地步，說不定還有法可想。」

燕雲煙、姜小牙扭頭看去，蕭湘嵐領著同樣垂頭喪氣的李滚走了過來。

「還有啥法可想？」燕雲煙沒好氣。

蕭湘嵐淡淡一笑：「燕公子，你有沒有想過，咱倆這輩子一直都太自以爲是？咱倆確實劍術高強、罕逢敵手，但這並不代表我們就一定能夠教出好徒弟。」

燕雲煙聞言一愣：「唉，沒錯。會打的不會教，會教的可不一定會打。」

蕭湘嵐點點頭道：「人各有本性，資質不同、遭遇不同、體格不同、想法也不同，當然不能一概而論。什麼人玩什麼鳥、一個蘿蔔一個坑，強求不來的。」

「話是沒錯，但——」燕雲煙厭惡的看了姜小牙、李滾兩人一眼。「我如果是一塊土地，才不想養這兩根爛蘿蔔！」

蕭湘嵐畢竟具備女人特有的包容與寬諒，母性本能適時發揮功用：「話不能講絕。天生我材必有用，我就不相信這兩個傢伙天生就是廢物。」

「不是廢物是垃圾！」燕雲煙嚷嚷。

蕭湘嵐忍耐不住，當即吼了回去：「就算是垃圾，總還有個用吧？」

他倆吵得愈激烈，姜小牙、李滾愈覺得慚愧，同時暗想：「兩個不世出的高手，自願當我們的師父，結果我們連個皮毛都學不會，當眞枉自爲人。」

燕雲煙暴然斷喝：「好！別吵啦！妳的結論是什麼？」

瀟湘嵐冷聲道：「我只是想說，咱倆的徒弟都沒收對。他們的本性與我們的路數完全不合，再怎麼教也是白費。」

「這我同意。」燕雲煙皺眉道。「但——又怎麼樣呢？」

蕭湘嵐妙目一凝：「既然這兩個教不會，就換兩個來教！」

「換兩個？」燕雲煙更加迷糊。「統共就只有這兩個蠢蛋，還能到哪裡去換？」

「你眞是死腦筋。」蕭湘嵐抿嘴嬌媚一笑。「你的換我的，我的換你的，不就結了嗎？」

肥風瘦雨

姜小牙出生於高郵湖畔，從小就喜愛下雨天，腦海深處一直潛藏著霏霏細雨的記憶，那種朦朦朧朧的美感，一向能帶起他最豐潤的想像力。

不料他長大後，竟被搞到這草木難生的鳥地方，終年也不會有十天滿足他的期望。好不容易盼到的，總是一陣比鞭抽還要狂猛的豆大雨珠，驀然而來，瞬息即止，姜小牙若是個詩人，恐怕連第一句都還沒吟成，太陽就又狠狠的曬到他屁股上了。

而他此刻靜靜坐在一旁，望著蕭湘嵐舉手抬足，演練「久旱甘霖人間至樂」，登即心領神會、舉一反三，止不住樂得抓耳撓腮，心癢難耐。「唉呀，師父，妳才眞是我的好師父！」一邊嚷嚷，一邊縱身跳起，解手尖刀依樣畫葫蘆，居然有板有眼，絲毫不差。

蕭湘嵐精神一振，終於體悟到「得天下英才而教之」的興奮：「好徒兒！你的確是農家子弟，久旱甘霖就是要有這種令農夫喜悅得近乎瘋狂的味道，一點都沒錯！」

蕭湘嵐的鬼魂幾乎都快像活人一般的蒸出騰騰熱氣：「再看第二招，『春潮帶雨野渡舟橫』。」

蕭湘嵐身形微轉，虛擬持劍的右手一陣細細顫動，抖起漫天雨花；姜小牙眼前立時浮現野草荒岸，雨打渡船的蕭索景象，整副心神徹底溶入了如詩如畫的情境之中，劍隨身轉，果然況味十足。

蕭湘嵐喜極嬌笑：「再看著，『仲夏急雨天外飛瀑』、『空山新雨秋涼天高』、『連江寒雨冰心玉壺』……」

姜小牙心中四季運轉，循環不息，春夏秋冬各就各位，剎那間竟泛起自己就是造物主的錯覺。

蕭湘嵐愈教愈快，「雨劍三十八招」間不容髮，傾洩而出。「三十五，『渭城朝雨西出陽關』；三十六，『巴山夜雨共剪窗燭』……」

姜小牙此刻腦中一片混沌，已無自覺，甚至不需用眼睛去看蕭湘嵐的形體招式，就能接收到她傳遞給自己的訊息。

「三十七，『近寒食雨杜鵑啼血』……」蕭湘嵐將身飛起，半空中一連打了六個盤旋，灑落六朵銀星似的雨花。「注意了，最後一招，『楚江微雨故人相送』！」

即使是鬼，但發自蕭湘嵐指間的凜冽劍氣，仍使得洞壁吟嘯不絕，千萬隻蝙蝠驚駭至極，東撞西闖的亂成一片。

姜小牙拍手大笑：「好個『故人相送』！送你上西天！」話剛講完，只覺一陣虛脫侵入體內，一屁股坐倒在地。

蕭湘嵐也好不到哪裡去，累得三魂六魄險些碎成片片。

這一對鬼師人徒正自相對微笑、默契於心，倏聞另一邊傳來燕雲煙的亢奮大叫：「你這死胖子真有一套，身體一動就有風，我『風劍』今日果然得著傳人了！」

第六感單相思

姜小牙學習「雨劍三十八招」的進度之快，已可稱得上前無古人後無來者，但這速度遠不及另外一種東西在他體內滋生之迅猛。

那東西便是——姜小牙無法遏抑、莫名其妙，對於蕭湘嵐的愛戀之情。

起初，他還沒覺著不對，只是每天早上醒轉，便一定要看看蕭湘嵐在哪裡、正在幹些什麼；然後，只要蕭湘嵐隨便講句話，他就止不住「咯咯咯」的傻笑；再緊接著降臨的既甜蜜又尷尬的情景，於是無法避免：他的眼睛不論何時都在搜尋蕭湘嵐的目光，一逮住便死不放鬆，心頭同時泛起被雷打中的幸福毀滅之感；蕭湘嵐若偶爾「飄」開片刻，他馬上就覺得人生乏味，不如死了算了。

雖然很少發生，靈臺總有清明的一刻，他也會這麼想著：「搞什麼？她是鬼，我是人，還能怎麼樣呢？就算她還活著，她是天臺上的仙子，我是在臺下賣燒餅的小販，若不是這件事把我們硬湊到一起，她會知道世界上有我這個人，甚至用眼角瞟我一下嗎？」

眞是絕望的愛戀！

一縷纖細如絲、淒涼絕望的美感固然令他痛不欲生，但這受苦受難的情操，更使他覺得自己正身陷人類最偉大的悲劇之中，因而感動萬分。

蕭湘嵐當然慢慢發現了這個少年的荒唐心思。

她不屑、厭憎、憤怒，這個鄉下人也想……呸！她簡直想把生前的胃都吐出來。

但此時她有求於他，不能跟他翻臉，再緊接著一想，其實他的帳是燕雲煙的，他並沒有做出對不起自己的事，她沒理由責怪他。

她只得捺下性子，只求能夠快點教會他劍法，保住他的小命。

她首先使出來的對策是，更加嚴厲的督促他練劍，沒想到姜小牙當成是她善意、矜持的回應，喜孜孜的卯足了勁兒學習劍術，只求能得佳人一粲。

蕭湘嵐改絃更張，有空便向他訴說自己以往的事蹟：「我這一生就是愛殺男人，被我殺掉的男人，嗯，我算算看，沒有八百，也有七百九……」

姜小牙一邊笑吟吟的傾聽著天底下最悅耳的聲音，邊自心忖：「她是在向我懺悔以往的過錯嗎？」

一如所有被愛情沖昏了頭的傻瓜，他渴望了解對方的一切，但愈了解反而愈迷糊：

「妳爲什麼這麼討厭男人呢？男人並不全都是混蛋嘛。」

尤其有關她與燕雲煙的勢不兩立、絕命搏殺，更令他百思莫解：「你們一路殺來這鳥不生蛋的地方幹什麼？難道眞有什麼寶藏？」

每當問及此事，蕭湘嵐總是把臉一板，霧也似的飄不見了。

他起先還懷著旁觀者的心情勸慰對方，但到了後來，自己竟也不知不覺的深深憎恨起燕雲煙。

「若不是他殺了蕭姑……嗯……師父，我們這天造地設的一對，豈非世間良緣美眷嗎？奶奶的，如果他不是一個鬼，非殺了他不可！」轉念又想：「咦，不對啊，師父就等於親娘，我跟她怎能湊成一對呢？唉……只是一個大姑娘家成天這樣鬱鬱寡歡、怨氣衝天，也不怕眼角生魚尾紋？」繼而又暗自好笑：「鬼大概是不會生魚尾紋的。」

鎮日顚三倒四的胡思亂想，又開始發起傻來，經常喃喃囈語，時而癡笑，時而恍若西施捧著心窩，淚流不止。

蕭湘嵐見他瘋瘋癲癲，練功的情形日益退步，不禁發急：「你到底是怎麼啦？」

姜小牙呆歸呆，隨機應變的本領總還是有的，順口便答：「師父，兵刃不稱手。妳教的是劍法，我只有這柄小刀，實在牛頭不對馬嘴。」

一句話使得蕭湘嵐陡然一怔：「著啊，怎麼早沒想到，你們把我的屍體胡搬亂弄，卻將我的劍搞到哪裡去了？」

霸王別吹牛，至尊來也！

活人的特徵是：不但記憶極差，而且永遠不會學乖。

幾天前明明就在這裡跌了個頭破血流，等傷養好了，就忘記了痛，又蹶著屁股趕來同一個地方摔跤。

花盛、葉殘費了好幾天功夫，剛從極度的驚駭中清醒過來，可就嘲笑起自己的行爲。

「花兄，咱們是不是有點杯弓蛇影的嫌疑？燕雲煙、蕭湘嵐的的確確已經死爛掉了！」

「葉兄，就算那洞裡有鬼，又怎麼樣呢？『風雨雙劍』已死，『天抓』霍鷹那老小子又早已行蹤成謎，恐怕也已經是鬼了。換句話說，當世英雄，惟使君與盛耳，還有誰能奈何得了咱倆？」

「對！再進去抓他們！」

花盛、葉殘正抖擻精神，準備殺入洞內，只聽一個宏亮的笑聲從背後傳來：「當世英雄就只剩下你們兩個？未免太會吹牛了！」

花盛、葉殘同時暗叫一聲「苦也」，轉頭望去，一個虎目熊首、肩闊膀粗，背負一柄飛廉鋸齒大砍刀，頷下蓄著三尺美髯的大漢，正站在六丈開外之處。

花盛嘿嘿笑道：「『刀至尊』木無名，聽說你正在朝中得意，幹嘛也來這兒湊熱鬧？」

名列「三快刀」之一的木無名嘿然一笑：「花兄、葉兄，一別數載，念煞小弟。兩位近來無恙？」

葉殘冷哼：「姓木的，少來這套！誰不曉得你貌似正人，其實一肚子壞水。你想幹嘛？」

木無名虎眼圓睜，忍氣不發：「我來此自有目的，決不會跟二位一般。」

「是嗎？」花盛懷疑的瞅著他。「你不來，咱們還不敢確定；如今你一現身可就證明了燕雲煙身上一定藏著什麼珍奇物事。」

葉殘也道：「沒錯！當朝『三品帶刀護衛』也千里迢迢的趕來這裡，必有原因！」

木無名笑道：「你們太鑽牛角尖了，燕雲煙何嘗懷有什麼寶物？」

「空口說白話嘛，你憑什麼這麼肯定？」

木無名嘆了口氣：「燕雲煙和我同朝爲臣，且是我頂頭上司，身居『二品侍衛總管』，我怎不知他來此何爲？可惜他一世英雄，竟然葬身此處，人間從此少一麟鳳矣！」言畢，唏噓不已。

花盛、葉殘吃了秤砣鐵了心，只就是一萬個不相信。「燕雲煙既是二品大員，怎會輕離京畿？其中定有蹊蹺！」

木無名可真被這兩隻硬嘴的死鴨子糾纏得哭笑不得。「兩位兄長武功高強，小弟一向佩服得五體投地，但容小弟說一句不中聽的話：二位樣樣都好，卻有某種能力太差。」

花、葉兩人一起瞪眼：「什麼能力？」

木無名淡淡一笑：「說穿了，其實也就是咱們中原人的最大缺陷──完全不具備推理的頭腦。」

有推沒理．有理推不動

花盛、葉殘縱橫江湖二十餘年，從沒聽過什麼推理、邏輯、歸納、演繹……

二人同時心想：「這木無名長得像個人，怎麼滿口鬼話？」

木無名看穿了他倆的心思，笑道：「兩位請仔細想想，燕雲煙、蕭湘嵐二人身上必不可少的東西是什麼？」

花盛脫口便道：「風劍『墨雷』、雨劍『皤虹』。」

「沒錯，墨雷、皤虹這兩柄削鐵如泥的寶劍，就好像是『風雨雙劍』的第三隻手，從未離開過身邊片刻。」

葉殘皺眉道：「這事兒大家都知道嘛，還有什麼好講的？」

木無名悠悠道：「那你可知，這兩柄劍現在何處？」

花盛、葉殘一楞。「對呀？燕雲煙、蕭湘嵐的墳中只有屍體，不見寶劍；也不在姜小牙、李滾那兩個偷挖墳墓的混蛋身上。那……劍跑到哪裡去了呢？」

木無名笑道：「姜小牙、李滾既然連寶劍都沒拿到，怎會拿到其他的東西？就算如同二位一口咬定的，燕雲煙身上眞的藏有什麼珍稀寶貝，可也不會落到他倆手上。」

花盛腦中一亮：「換句話說，有第三者捷足先登，不但取走了兩柄寶劍，也一併取走了藏寶圖？」

「花兄終於有點開竅了。」

「但……怎麼可能呢？姜小牙、李滾自己親口供稱，墳墓是被他倆挖開的……」

「還搞不懂？」木無名啼笑皆非的搔了搔頭皮。「燕雲煙、蕭湘嵐那夜拚了個同歸於盡，照理說，當然應該雙雙曝屍荒野才對，總不會臨死之前，燕雲煙先把蕭湘嵐鄭重其事的埋起來之後，自己才跑去死掉；然後，蕭湘嵐又從墳堆裡爬出來，也把燕雲煙仔細妥當的埋了，才又鑽回墳堆裡去！」

花盛、葉殘茅塞頓開，一拍手掌：「是誰第一個挖開墳墓的並不重要，關鍵在於是誰把他倆埋起來的，所有的東西都被那個人拿走了！」

木無名一邊點頭，一邊抹著額上汗珠：「教你們兩個如何推理，可眞累呀！」

花盛、葉殘相對瞪眼：「咱們花了這麼多功夫，死盯著那兩個兔崽子、死胖子，根本全都白費！」

木無名正色道：「我再聲明一遍，第一，燕雲煙身上決無寶貝；第二，兩位守著這個洞口，更是笑掉天下人的大牙。」

花盛、葉殘羞愧得渾身冒汗，一邊恐嚇道：「姓木的，你敢把這事兒講出去，咱倆可跟你沒完！」

木無名笑了笑：「兩位休得煩心。我既苦口婆心的把情況向二位解釋清楚，當然是存著一片善意，否則我何苦來哉？」

花盛、葉殘兀自不信世間竟有如此好心的人類，又聽木無名更加體貼的說：「我非但不會出兩位的洋相，而且還有一樁好生意想請兩位去做呢。」

財富定律

就算你武功蓋世，也還是要用錢。

有武功並不能保證你會發財，除非你去偷去搶。

就算你眞的去偷去搶，也不能保證你會發財。

因爲天下人有百分之九十九比你更窮，而那百分之一比你有錢的王八蛋，一個個都裝得像乞丐。

要命的生意

花盛、葉殘乘夜摸向闖王中軍營帳的時候，耳邊仍迴響著木無名開出來的價錢：「一人十萬兩黃金，單買李自成的項上人頭！」

刀王、刀霸乍聞此言，轉身就走：「刺殺闖王李自成？對不起，咱倆還沒活膩。」

但過沒一炷香，兩人又眉開眼笑的跑了回來，木無名好整以暇的坐在一塊大石頭上，用他那柄四十八斤重的飛廉鋸齒大砍刀悠哉遊哉的磨著指甲，早就算準了他們一定會像嘴裡啣著釣餌的魚，再跑也跑不到哪兒去。

花盛、葉殘很沒面子的同時暗忖：「眞被他吃定了！」臉上則是一派諂媚：「木兄，當眞有十萬兩黃金可拿？」

木無名當即「刷」的一聲，從懷中掏出一紙詔令：「崇禎萬歲爺的聖諭在此，你們還有疑慮嗎？」

「不敢不敢，嘿嘿，不敢！」

但此刻花盛、葉殘竄高伏低，猶若兩頭黃鼠狼逡巡於闖王軍容壯盛、殺氣騰騰的千百座營帳中間之時，可止不住冷汗直冒，暗自低罵：「想得太天眞了，天底下哪有這麼好做的生意？搞個不好，連老命都沒了！」

正想打退堂鼓，好死不死恰巧摸到中軍帳前，窺眼向內一望，只見那貌若豺狼、眼如鷹隼，左手翻江右手倒海、攪得大明江山朝不保夕的流寇大統領，正高坐帳內，猛灌白酒。

花盛、葉殘喜上心頭。「瞎貓碰到死老鼠，這可怪不得咱倆心狠手辣了。」一個抽出雁翎刀、一個拔出三尖兩刃刀，齊喝一聲：「李自成，納命來！」

雙騎併出，衝入大帳，雙刀齊向闖王頭頂劈落。

驀聞一聲嬌喝：「何方野賊，膽敢來此行刺？」

花盛、葉殘陡覺四目一花，百來根無人控制的繩索，竟如活生生的毒蛇從地下仰起，昂首吐信，直朝兩人席捲而來。

「什麼鬼東西？」花盛、葉殘刀出如風，只一招便將繩索盡皆斬斷。

哪知這些繩子不斷還好，斷了反而更糟糕，原本只有一百條的繩子，剎那間變成了兩百條，依舊來勢不歇，兜頭蓋臉的纏向二人身軀。

「誰會有這等怪本領？」花盛、葉殘驚駭莫名之餘，同時憶起一個人來。「莫非竟是白蓮教一百零八壇的總壇主——紅娘子？」

人和繩子打架

花盛、葉殘做夢也想不到，自己會被一堆繩子打得手忙腳亂。

「眞是荒唐極了！」兩人心中暗罵，手中刀狂揮猛砍，將繩索剁得滿天飛，但每一小截斷繩仍是活的，「咻」地一聲又捲了回來，直朝兩人身上亂啃。

闖王李自成依然端坐案後，陰綠色的眼眸中閃出豺狼似的光芒，一面灌酒，一面拍手大笑：「這把戲忒煞好看！再跳再跳！那個有鬍子的，小心你左邊，十幾條繩子攻過來了！」

花、葉二人只氣了個心頭火熾，鼻裡煙生，厲吼道：「什麼人在那裡搗鬼，還不快滾出來？」

只覺大帳中燈火一暗，一條若實若虛的人影從帳外飄入，花、葉兩把刀毫不客氣，當即揮斬過去，只砍了個空。

再定睛看時，一名渾身紅衣的美豔女子已盪鞦韆兒似的掛在帳頂，笑吟吟的說：「喲！這麼兇？連幾根繩子都打不過，還跩什麼？」

花盛心道：「果然是白蓮教的女魔頭紅娘子，再不跑，老命難保！」一面朝葉殘遞了個眼色，兩人同時虛晃一招，退向帳邊，刀鋒反轉劃開帳幕。

李自成大叫：「喂喂喂，老小子，不玩了？太掃興了！」

紅娘子調皮的眨了眨一雙烏溜溜的眼珠，笑道：「來時容易去時難，當咱們這兒豈是做耍子的地方？」雙手連指，千萬根長繩、短繩、爛繩頭、碎繩屑……齊向兩人身上招呼。

花盛、葉殘拚死命把兵刃輪舞得跟風車相似，護住全身。「紅娘子，妳好端端的教主不當，奈何替這反賊出力？」

紅娘子哼道：「大明氣數已盡，上有昏君，下有貪官，不出五年必然土崩瓦解。你倆不識天意人心，可不如跟兩條狗！」

葉殘暗道：「什麼天意人心？妳老子只認得十萬兩黃金。」

兩人一邊亂斬繩索，一邊退出帳外。

驀聞一人在背後道：「你們想跑到哪裡去？」

花盛、葉殘扭頭一看，十丈外的星空之下站著一個白衣白巾，丰神俊朗的中年男子，雙手背在身後，神情悠閒至極。

葉殘大吼：「你又是什麼玩意？」

那人淡淡一笑：「江湖人稱『中州大俠』李巖的就是區區在下。」語聲甫落，轉過雙臂，左手持弓，右手搭箭，弓弦疾響有如連珠，一連五箭又狠又準的逕奔二人而來。

「又是個不好惹的角色！」花盛、葉殘不敢戀戰，縱身朝營盤外掠去。

李巖喝道：「想走？留下點東西！」起手一箭，迅若流星穿雨，緊貼葉殘頭頂而過，恰將頭巾射落在地。「這回對你們客氣，下次再來，休怪我這一箭偏低兩寸！」

花、葉二人沒命逃出數十里方才停步。

花盛叨叨怒罵：「這些天碰上的怪事怎麼這麼多？」忽覺頸子上一痛，伸手摸時，卻是一小截繩頭兀自賴在那兒胡搞，氣得花盛把它丟在地下亂踩。「什麼年頭這是？人被繩子欺負！」

驚世女俠「紅娘子」

花盛、葉殘回到官軍營寨，把經過情形向「刀至尊」木無名備細述說了一遍。

木無名皺眉道：「小弟已多年未在江湖中走動，那紅娘子卻是何人？」

花盛嘆道：「說起這娘兒們，來頭可大了，白蓮教遍布大江南北的一百零八壇，公推她爲總壇主，一身邪法妖術端的是驚神動鬼，難以招架。」

「白蓮教有何懼哉？」木無名冷笑一聲。「那『中州大俠』李巖又是什麼來歷？」

葉殘道：「李巖之父名叫李精白，於前朝天啓萬歲爺時，任職兵部尚書……」

木無名點頭道：「我聽過此人。這李精白乃閹宦魏忠賢黨羽，當朝士大夫鄙夷他爲人，多不與他交往；魏逆伏誅後，他在朝中自也混不下去，只得告老還鄉，鬱鬱而終。」

葉殘續道：「但他這兒子非同小可，慷慨任俠，急公好義，兩河一帶的百姓叫得口順，都喚他做『中州大俠』。」想起剛才險險從頭皮上擦過去的那一箭，胸口餘悸猶存。「他文武雙全，尤其使得一手好箭法，直追當年『龍城飛將』李廣。」

木無名怪道：「既然如此英雄，為何竟在李自成帳下效力？」

花盛笑道：「這又跟紅娘子有關了。」

「此話怎講？」

「五年前，河南發生大饑荒，遍地屍骨，民不聊生，李巖當即散盡家財，賑災濟民，甚且挺身而出，懇求地方官吏寬免稅賦，並編了首歌謠，請求當地的有錢人放糧救災，『草根木葉權充腹，兒女呱呱相向哭……官府徵糧如虎差，豪家索債如狼豺……骷髏遍地積如山，業重難過饑餓關，能不教人數行淚，淚灑還成點血斑，奉勸富家同賑濟，太倉一粒恩無既』……」

木無名訕笑道：「不想花兄還會背詩？」

花盛瞪他一眼，又道：「饑民們或許是受到了他的影響，糾五合十譁噪於富室之門，要求他們以李大俠為例，發糧救濟。」花盛說到此處，乾咳一聲。「說句老實話，我也出身庶民之家，倒是滿佩服李巖為人。」

木無名面露不屑：「譁眾取寵之輩耳，何足道哉？一味騙取饑民亂民的信任，做爲自己的本錢，大明江山就壞在這種人手裡！」

花盛心忖：「朝廷若行仁義，何來饑民亂民？」想起適才紅娘子「大明氣數已盡」的話語，不由得心有戚戚。「唉，好個上有昏君，下有貪官！像木無名這等腦滿腸肥、不知民間疾苦的狗腿子，才是亡國滅種之徒！」

花盛心中不以爲然，面上不動顏色，續道：「李巖的作爲，自然頗令富家巨室、貪官豪紳惶恐疑懼，無時不想陷害於他。恰巧那年紅娘子聚眾起義，聞得李巖大名，親自登門求教，一見李巖英挺俊秀、豪氣干雲的模樣，一顆少女的心當即被他緊緊俘虜，哪管三七二十一，從袖中抖出繩索，就把他扛回賊寨去了……」

木無名冷笑道：「原來是個淫婦賤婢！」

「你才賤哩！」花盛心底暗罵，口中不停：「紅娘子想逼他成親，李巖抵死不從，死按著男人的那話兒不肯放鬆，一夜攪到天明，搞得紅娘子也沒了法兒，只得將他放了。不料李巖回到家裡，那些貪官劣紳竟乘機誣賴他暗通賊黨，將他捕入獄中，擇期斬首。紅娘子聞訊，率領千名白蓮教徒趕來，每人手中一根繩索，團團圍住縣衙。那姓宋的縣官兀自不知好歹，喝命兵役衝殺，紅娘子一聲令下，千條繩索飛出，穿城繞脊，圍柱兜樑，只一扯，剎那間便將整座縣城夷爲平地！事後費了一年功夫，才把那宋姓縣官的屍體掘出，可已扁得像塊大燒餅！」

木無名道：「那個李巖沒有被壓扁？」

花盛笑答：「就是要救他，怎會把他壓扁？紅娘子第二度把他扛回寨裡，這次可擺出一副淑女樣相，紅著臉、咬著嘴唇，端坐不動。李巖思前想後，感激、佩服兼而有之，對方且又是個嬌豔絕倫、身段惹火的大美人兒。他終於嘆了口氣，站起身來……」

葉殘聽得口乾舌燥，色急吼吼的追問：「他想幹嘛？」

「葉兒怎地不解風情？」花盛譏刺一笑。「除了把褲帶『咻』地一聲解開之外，還能幹嘛？」

驍騎大決戰

大明左都督曹變蛟身經百戰，手中兩柄各重三十六斤的鑌鐵點鋼鎗，不知刺死了多少敵軍大小首領。他和叔父曹文詔，並稱當世兩大猛將，在「十三家七十二營」的流寇眼裡，他簡直就是一個神、一則傳奇。

闖王李自成誰都不怕，一向視官軍為草芥，唯獨在聽得曹變蛟之名時，隼鷹似的臉上就會泛起一抹陰黑。

正如此刻，本是個豔陽高照的好天氣，但李自成立馬高崗，竟似有點兒發冷。崗下的官軍騎兵大約只有三千名左右，正排列出三橫三縱的隊形，朝己方緩慢逼近。

「嗯，看來像是想決一死戰了？」李自成向新近加入己方陣營的的生力軍——李巖與紅娘子徵詢意見。

「官軍缺糧已久，甚至以人屍爲食，如再僵持下去，必敗無疑，除了尋求和我軍決戰之外，別無他途。」李巖望了李自成一眼，稍一沉吟，才道：「今日若避其鋒銳，不與交戰，彼等士氣必竭、鬥志必衰，不出三日，我軍當可不戰而勝。」

李自成仰天哈哈一笑：「李公子只知其一，不知其二，今番我若以巧詐取勝，絲毫無損曹變蛟之威名，他日相逢，我軍將士必仍氣弱三分，豈不永遠都被他壓著打？但今天若能乘此良機，一鼓作氣，就算不能陣斬曹變蛟於馬下，諸軍畏懼『小曹將軍』之心也必盡去，曹變蛟從此不足爲患。」

李巖聞言淡淡一笑，不再多話。

李自成當即命令旗兵高舉大纛，左翼由姪兒李過率領的「不死鐵錘軍」，和右翼號稱「闖軍第一猛將」劉宗敏率領的衝鋒敢死隊，馬揚鬃、人奮身、箭上弦、刀出鞘，齊朝崗底衝殺而下。

千萬隻鐵蹄將遍地黃沙掀上半空，咫尺不見人形；萬馬奔騰，勢若火山爆發、海嘯地震，使得整片黃土高原都顫動起來。相向猛撞的雙方馬隊上空，各自捲起一陣旋風，李自成站在崗頂，根本看不到人影馬蹤，只見得兩股旋風倏地撞在一起，瞬即血噴肉濺、人體四肢飛上半空。

李過、劉宗敏正自歡呼酣戰，驀見敵方兵馬潮水般向兩旁退開，一員黑衣黑甲、黑馬黑面的大將，手持雙鎗，躍馬而立，大喝：「吾乃大明左都督曹變蛟是也！逆賊敢來決一死戰嗎？」

流寇全軍爲之氣奪。

李過、劉宗敏可是兩員悍將，互遞一個眼色，雙騎併出，兩錘一矛直取敵方統帥。

曹變蛟朗笑一聲，催馬上前，左手鐵鎗攔住李過雙錘，右手只一鎗，聲若風雷，正刺中劉宗敏矛尖。

劉宗敏頓覺雙臂一軟，丈八長矛脫手飛向空中，止不住大發一聲喊：「這傢伙厲害！」撥馬便走。

李過本還能抵擋得住曹變蛟單鎗一擊，但見劉宗敏與對方交手不上一個照面便大敗虧輸，心中自是震驚：「這曹變蛟果然名不虛傳，今日可眞踢到鐵板了！」膽氣一弱，手上立覺疲乏，掉轉馬頭就朝本陣奔回。

曹變蛟毫不放鬆，單人匹馬直衝崗頂李自成中軍：「闖逆休走！」

八仙過海．各顯神通

李自成哼哼冷笑：「跳樑小丑，豈知正中吾計！」雙臂一揮，伏兵四起，將曹變蛟團團圍在中央。

原來李過、劉宗敏都是詐敗，誘敵入彀。曹變蛟武藝雖好，但李過、劉宗敏既號稱「闖軍」中的兩大支柱，當然也非省油之燈，剛才假做不敵，就是爲了把曹變蛟引入包圍圈中。

曹變蛟瀏目一望，流寇密密麻麻、有如傾巢之蜂圍裹而來，暗嘆一聲：「不想我今天竟命喪於此！」

正危急間，忽見東南角上煙塵大起，恍若穹蒼裂開了一個缺口，三道閃電刀光翻滾騰躍，有如一個插滿了尖鋒利刃的大車輪，剎那間便將流寇輾扁了一大片。

「刀至尊」木無名、「刀王」花盛、「刀霸」葉殘三人揮舞著三種不同樣式的鋼刀，一路劈人斬馬，殺向陣中。

花盛、葉殘本不欲捲入這場戰事，但因前日慘敗紅娘子、李巖之手，愈想愈窩囊，禁不起木無名的激將，趕來助陣，一心只要向他二人討回公道，見他倆立於崗上，便奮力朝敵營中軍衝殺，恰正幫了曹變蛟一個大忙，圍住他的流寇紛紛退卻。

曹變蛟緩過手來，一提韁繩，座下良馬四蹄騰飛，只一縱躍便登上崗頂。曹變蛟雙鎗併刺，將兩名帳前衛士當胸搠了個透穿，倒跌下馬。

曹變蛟瞋目斷喝：「李闖，今日就是你的死期！」左手鎗又挑翻了一個上前護駕的衛士，右手鎗直取李自成心窩，驀覺腦後風勁，急忙回鎗一擋，恰撞中一支疾飛而來的羽箭箭尖，震得虎口隱隱作痛，心中大驚：「我曹某人一生遭遇多少驍將虎賁，從未碰過此等好箭法，闖王麾下當眞是臥虎藏龍，能人輩出！」

「中州大俠」李巖一箭沒射倒對方，也頗感意外。「大明有此勇將，怪不得滿朝庸才，天下糜爛，尚能撐到今天還未覆亡。」心念電轉，第二支箭已搭在弦上，正要射出，卻見紅娘子翻身一躍，站上馬背，雙手連揮，幾百根繩索兜頭罩向曹變蛟，一面大叫：「相公，這個姓曹的交給我，你只管看住那『三快刀』。」

李巖迴眼望去，正見花盛、葉殘、木無名三把刀像在田中割西瓜，將流寇頭顱砍得滿地亂滾，一面衝殺上崗。

李巖哈哈一笑：「刀王、刀霸，前日已跟你二人說過，再來就不客氣，你倆可眞不要命。」一翻右腕，抽出七支精鋼鵰羽蛇頭箭，左手五指輪轉如風，將七箭連珠射出，每一箭都呼嘯起懾人心魂的尖銳厲響，逕奔「三快刀」面門。七箭射完，緊接著又是七箭，綿綿不絕，恍若天降下冰雹。

花盛、葉殘、木無名遮得了前，擋不住後，被這一陣箭射得亂蹦亂跳，再也無法前進半步。

紅娘子嬌笑道：「相公好箭法。」手不停揮，活蛇般的繩索重重層層的裹向曹變蛟身軀。

曹變蛟雙鎗連削，削斷了一根，卻變成了兩根，愈削愈多，終於削不勝削，只得任憑那些繩索席捲而上，把自己綑成了一隻大粽子，心中兀自嘀咕：「沒道理嘛，打仗哪有這種賴皮打法的？」

「尼八剌」的老喇嘛

葉殘遠遠望見曹變蛟被紅娘子的怪繩索活活的給綑了，大叫一聲：「完了！主帥斃命，我軍一敗塗地，各人逃命要緊！」哪管三七二十一，當眞轉身就要脫離戰場。

「刀至尊」木無名冷笑連聲：「邪魔歪道，不值一哂！」

葉殘立朝地下吐了口濃痰：「木無名，我認清你了，除了說大話，你還會幹什麼？有種你去跟那些繩子打打看。」

木無名摸了摸三尺美髯，悠哉笑道：「葉兄稍待便知。」

一語未畢，只聞得官軍陣內響起一片滔滔海浪般的螺吹之聲，馬隊騎兵忽向兩旁分開，捧出兩列紅袍僧侶，一個個垂眉肅目，宣唸佛經，走到陣前，又分成左右兩邊一字排開。

花盛嘀咕道：「搞什麼玩意兒？」

緊接著又見八名精赤上身的大漢抬出一頂人轎，行至陣營前方，居中站定，轎簾一掀，露出裡面的主兒，是個火焚枯柴也似、又乾又瘦的老喇嘛，低垂著死雞脖子，緊閉雙眼，也不知是睡著了還是已被菩薩給召去了。

紅娘子本想把曹變蛟扯下馬，然而瞅見這陣仗，只得暫時住手，心道：「這和尚來得蹊蹺，不可輕心。」立在馬背上，向那老喇嘛深深行了一禮，「敢問大師法號？」

幾十名紅袍僧侶同聲宣唱：「『圓融妙淨、正覺弘濟、輔國光範、衍教灌頂、慧明大國師』在此！妖孽還不速速下拜？」

紅娘子噗嗤一笑。「我當是誰呢，原來是從『尼八剌國』跑來中國混飯吃的班鳩羅老禿驢。」

「妖賊膽敢無禮！」眾喇嘛紛紛厲聲怒罵。另一邊的花盛、葉殘則摸不著頭腦，忙問：「『尼八剌』是什麼地方？」

木無名道：「那地方可遠了，在西藏與天竺之間的山頂上，本朝初年的智光國師曾兩度出使其國，其國國王亦朝貢不絕。其國國民本篤信天竺『婆羅門教』，後則多半皈依密宗佛教……」

「老和尚可真有本領？」

「既被尊爲國師，當然神通廣大！那紅娘子不知天高地厚，今日定教她吃不完兜著走！」

轎中的班鳩羅懶洋洋的睜開雙目，喉管裡發出又尖又乾又沙啞的難聽聲音：「白蓮妖孽，妳好大的膽子！邪魔歪道也敢與正教爭鋒嗎？」

紅娘子朗聲大笑：「誰是正教？佛教一十二宗，你密宗爲其一，我白蓮教源自『來生淨土』，亦爲其一，你憑什麼稱我爲邪魔歪道？瞧你那三分像人、七分像鬼的死樣子，你才該滾到地獄裡去呢！」

陣前鬥法

班鳩羅臉上的那對死魚眼，通常都跟廁所裡的石頭一樣，髒兮兮、黏答答、沒有半點光澤；但當他終於老羞成怒之時，從瞳仁裡閃出的詭異光芒，直令人毛髮倒豎。

「妖孽找死！」班鳩羅在轎中站起，併指如戟，遙向崗頂的曹變蛟一指，喝聲：「咪吧咪吽！」

綑縛住曹變蛟的繩索立刻斷成千百小截。

曹變蛟一肚子氣正憋到極處，乍獲解脫，當即奮出全力一振雙鎗，直取李自成，早有李過、劉宗敏拚死敵住。

「咦，老喇嘛眞有一套！」花盛、葉殘見紅娘子的繩兒不管用了，也自膽氣大壯，朝崗頂衝殺而來，又被李巖一陣亂箭射回。

班鳩羅嘿嘿冷笑：「妖女，看妳還有何把戲可耍？」

紅娘子暗忖：「這老傢伙頗有些道行，今日決難善了！也罷，就拚他個你死我活！」縱身來到李自成馬旁，低聲道：「主公，情勢不妙，速朝西北方逃逸，吾等若能苟存性命，自當前往會合。」

李自成點了點頭，眼中閃出秋鷹淒涼之色：「我李自成本是爛命一條，生死都無所謂。姑娘量力而為，如果實在鬥不過那老喇嘛，便盡快脫離戰場，保留實力以待日後大舉，不用把我放在心上。」

紅娘子再不多言，翻身躍到陣前，高叫：「老禿驢，我還有些把戲讓你品嘗品嘗！」雙手朝天一揚，十幾枚花蕊大小的黑丸從袖中飛出，罩向官軍陣營。

班鳩羅面色陡變：「好個『蓮華盛開』！」紅袍一展，數十道白光激射而出，將那些黑丸全部撞碎在半空，聲爆如雷，灰飛塵滾，伸手不見五指，驚得官軍馬匹揚蹄慘嘶，不知把多少騎兵顛翻在地。

迷濛中，又聽紅娘子嬌笑一聲：「死禿子恁地不識貨？這叫『蓮蕊初放』，接下來的才是『蓮華盛開』！」

班鳩羅心頭一凜，嚴陣以待，果然又見數十顆黑丸破空飛來。班鳩羅生怕又擾亂了官軍馬隊，忙地一展袍袖，將黑丸盡數掃入袖中，喝聲：「吽呢嘛嘛！」

咒語令下，那些黑丸果然沒有爆開，只發出「噗」的一聲細響，剎那間一股濃冽的豬糞氣味從班鳩羅袖裡湧出，臭得那「尼八剌」的老喇嘛頭暈腦脹，兩粒眼珠險些撞在一起。

「賤婢……咳咳……」班鳩羅掩鼻不迭，勉力伸手一指，頃刻煙消雲散，但崗頂的李自成、紅娘子、李巖等流寇首領，早已不見蹤影。

官軍驚愕未畢，班鳩羅還沒從臭氣中醒轉，只聽得紅娘子的嬌笑之聲恍若由天外飛來：「老禿驢，難道不知蓮花雖美，卻是靠豬糞養大的嗎？」

逃命定律

花盛、葉殘根本一點都不關心流寇與官軍的輸贏，而只掛念著李自成那顆價值十萬兩黃金的腦袋。

「開玩笑，一輩子只碰上這麼一次發財的機會，豈可讓他平空溜走？」

兩人卯足了勁，躍過崗頂，前方黃土漫漫，連個腳印兒都沒留下。

葉殘叫道：「各憑運氣，分頭追！」

「刀王」花盛選定西北方，一口氣奔出二十餘里，依舊沒看見半條鬼影，心忖：「我的腳程賽勝健馬，總不會跑了這麼半天，還連點煙塵都望不著。莫非追錯了方向？」

心中猶豫，佇足四望，忽見一個老農夫迎面奔來，彷彿後頭有鬼追著，慌慌張張、顛顛躓躓，被顆石頭一絆，摔了一大跤，急忙爬起，抹了抹臉又跑，跑沒五步，又摔一跤，痛得哼哼唧唧，仍拚老命掙扎著半爬半走。

花盛看著好笑，喝聲：「老漢，你忙什麼？」

老農夫吃了一驚，抬頭看見他，慌忙磕頭如搗蒜：「大王饒命！小人什麼都不知道。」

「老丈放心，我不是什麼大王。」花盛盡量將臉色裝得和藹可親。「你剛才碰見了什麼人？」

老農夫顫抖著說：「一個面色兇惡的大王和一個妖裡妖氣的女子，都騎著馬，硬說我是官軍的奸細，想要把我殺了，幸虧後來又追來了一個斯文相公勸住那大王，小人才逃得性命。」

花盛忙問：「他們朝哪裡去了？」

老農夫兀自攪不清天南地北，傻瓜般伸著隻手指不停的抖，好不容易鎮靜下來，才往正西方向一指：「好像是那邊……？」

花盛不等他說完，將身一縱，疾掠而去，一鼓作氣又奔出十餘里，仍尋不著半點可疑形跡。

花盛累得氣喘如牛，一屁股坐倒在地，喃喃道：「這幫流寇還眞不是白混的。早聽得江湖人言，闖王李自成的行蹤神鬼莫測，今天在蜀，明日在隴，竄東竄西，日行千里，連老狐狸精都拿他沒辦法，明明已被官軍圍剿得走投無路，仍然能夠脫出重圍。唉，我花某人武功雖然高強，但論及逃命的本領可是大大不如了！那傢伙究竟是如何辦到的呢？」

七想八想，想得呆了，就像一隻誤把月亮當成金龜子的癩蝦蟆，終夜仰頭向天，嘴角流著饞涎，卻永遠也無法把它吃到肚裡去。

正合乎人類的運動定律：一個慣用手腳力氣的人，只有在疲倦得無法動彈的時候，另外一扇窗戶才會在他從來不用的器官──頭腦裡，慢慢開啓。

花盛的想像力終於開始發揮，又怔怔的想了七、八炷香，猛地一拍巴掌：「我懂了！」身子一躍而起，朝原路奔回。

老農夫兀自坐在原處，嘴裡嘟嘟囊囊的不知嘀咕些什麼。

花盛鬼魅般悄無聲息的欺近他背後，「嗆」地一聲抽出雁翎刀，喝道：「李自成！你還給我裝蒜嗎？」

闖王末路

闖王李自成的人生閱歷，少有人能及。他交遊之廣闊，上至世家豪紳，下至販夫走卒，早已將社會各階層的習性、語言、行爲、觀念等等，全都洞徹於胸。

而且他還是個天生的演員，裝啥像啥，每當危急時刻，這本領總能救他一命。關於此種場景的代表性傑作，可要推到三年前，當時的陜西巡撫孫傳庭嚴格訓練出一批子弟兵，聲勢大振，和李自成交手十次，十戰十勝，殺得李自成上天無路、入地無門。

話說第十次擊敗闖軍，分明已把李自成圍困在「商雒山」中，只待步步進逼，收網捉鱉。不料那日孫傳庭率領大軍行於山道之上，忽見一個胸大如乳牛、腰粗如飯桶的大腳孀婆，正坐在道旁哭哭啼啼、搥胸頓足。

孫帥駐馬發問：「大娘有何痛事？」

「那群殺千刀的強人！打死了我的老公、我的父母、我和我老公的四代長輩，還搶走了我的黃花大閨女、黃花大孫女、黃花大曾孫女……」

孫傳庭瞋目大喝：「他們往何處去？」

大孀婆朝東一指，自己則搖晃著肥胖的大屁股朝西慢行，一面嘀嘀咕咕：「孫傳庭，吃你老子的屁吧！」

那是他一生中第二十五回的突圍傳奇。

但此刻，即使身經無數風浪，李自成也強烈的感覺到自己的運氣似乎已用完了，橫在面前的選擇或許還有很多種，卻沒有一種是能夠活命的。

李自成暗嘆一聲，閉起雙眼，引頸受戮。不料眼睛闔上許久，〈往生咒〉也不知唸了千百回，仍不見動靜，忍不住回頭越過右肩肩頂望去，但見花盛瞳仁賁張、臉孔肌肉抽搐不止、手臂上的青筋根根突起，緊握著雁翎刀，惡狠狠的瞪著自己的反方向。

李自成暗道：「怎麼回事？」再扭過頭，越過左肩肩頂望去，一個渾身衣衫破破爛爛，連腳上布鞋都綻開了十七、八個洞的的青年，笑嘻嘻的擎著把解手尖刀，沒事人兒樣的站在土坡頂上。

李自成認人的本領也是一流，馬上認出他就是前些日子捧了顆死人頭來向自己換「酒杯」的那名忠心小卒。「咦，你不是那個叫什麼……姜小牙的嗎？」

「稟告大王，」姜小牙一躬到地。「正是小人。」

李自成一點頭，大笑道：「好！不愧是我『闖軍』中的好男兒！但……」一瞟「刀王」花盛。「此人武功驚世駭俗，決非常人所能抵敵，你怎麼會是他的對手？不要枉費性命，快走吧。」

姜小牙又行一禮：「稟告大王，這傢伙不一定打得過我。」

李自成唉了一聲：「你莫吹牛！我李自成決非瞎眼之人，每次戰事亦都親身參與，全軍上下誰行、誰不行，我全看在眼裡，你若眞有本領，我哪會讓你只當個跟在馬屁股後面跑的小兵？」

姜小牙第三次行禮如儀：「稟告大王，此一時也彼一時也，人可是會長大的呢。」一語既畢，身形半轉舉刀向前，一股無畏的氣勢剎那間從他全身上下發散出來。

李自成情不自禁的揉了揉眼睛。「我軍之中竟有此等高人，我怎地全不知曉？唉，李闖啊李闖，你活該今日當敗，可就是不識貨的報應！」

姜小牙初顯神威

「刀王，來吧。」

姜小牙氣定神閒，側身朝向「刀王」花盛，手中尖刀微微顫動，宛如抖落了滿地雨珠，正是「雨劍三十八招」的起手式——「久旱甘霖人間至樂」。

花盛這些天來逢神撞鬼，甚至連妖女、法師都碰上了，自以爲世間所有的怪事都已歷盡，此後再也沒有能讓自己驚怕的事兒了，但他現在一眼看見姜小牙擺出的這一招，三萬六千根頭髮霍地根根指向天空，喉中發出灌了碗辣椒湯下肚似的叫喊。

當年他和「雨劍」蕭湘嵐纏鬥三百餘合，蕭湘嵐只用這一招就殺得他丟盔棄甲、大敗虧輸，以至那日他在窯洞內看見李滾使出這一招，當即嚇得屁滾尿流，直覺人間不可思議之事莫過於此。

後來他與葉殘再三議論，終於得出了一個結論：「若非巧合，就是自己看花了眼，因為蕭湘嵐從不收徒弟」，聊以自慰；不想現在姜小牙竟也使出了這一招。

「那個死胖子會使這一招也就罷了，怎麼這個兔崽子也會這一招？葉殘不是懷疑他乃『風劍』的徒弟？世上怎麼可能有一個人，既會『風劍』又會『雨劍』的呢？」花盛愈想愈寒心，嚷嚷了數十聲之後，方才顫抖著問：「葉殘說你會『風起雲湧』，可是眞的嗎？」

姜小牙哈哈一笑：「風起雲湧？嘿，可是我這輩子學會的第一招哩。」尖刀一轉，滾滾風生，恍若龍捲風起自地底，旋向花盛頭顱。「別囉嗦了，你到底要不要滾蛋？」

花盛暗叫：「怪了！怪了！『風雨雙劍』兩人早已死爛掉了，結果居然還會教徒弟，居然還把一身絕學傳給了同一個人，哪會有這種事？」再也不敢多看姜小牙一眼，抱頭鼠竄，一面跑一面發瘋似的傻笑：「沒道理！沒道理！嘻嘻！眞的是見了鬼了……嘻嘻，見了鬼了……」

姜小牙見他這副熊像，發噱不已，跟在一旁的蕭湘嵐鬼魂也忍不住「噗嗤」一聲笑了出來。

姜小牙道：「師父，那傢伙當眞是個武林高手？我看他簡直……」

李自成訝聲問道：「你在跟誰說話？」

姜小牙心中一驚。「這些天來只和師父單獨相處，全無顧忌，如今已回返塵世，可要處處注意，以免人家把我當成瘋子。」嘴裡笑道：「小人一時嘴笨，把『大王』錯叫成了『師父』。」

「你師父是誰？」

姜小牙扭過頭去，想要徵詢蕭湘嵐的意見，發現她早已飄不見了。心中稍一遲疑，支吾道：「師父是一個隱世高人，我也不知道他的名字……」

李自成一雙鷹眼上下瞟了他一回，點點頭道：「真正的高手都是如此。」撣了撣衣上灰土，站起身來，笑吟吟的一拍姜小牙肩膀。「小牙兄弟，今日救命之恩，我李闖沒齒難忘。」

姜小牙這輩子還沒被人如此重視過，可真有點承當不起，把頭皮搔得亂響：「大王好說，咳咳，好說……」

忽見前方煙塵騰滾，李自成面色陡變：「又是什麼人追來了？」

英雄定律

姜小牙提氣於胸，凝神戒備，剛才生平第一次出手沒打得過癮，滿心希望能夠再來一個高手，讓自己好好的打一頓。

快馬奔飛，轉瞬已到眼前，馬上騎士濃眉環目，髭鬚滿臉，一張嘴生得奇大，裡頭三十二顆黃板牙，正是號稱「闖軍第一猛將」的劉宗敏。

李自成喜動顏色：「老劉，你還沒死？恭喜你啦！」

劉宗敏翻身下馬，一把抱住李自成前後搖晃：「咱倆可又逃過了一劫，他奶奶的熊！」

李自成忙問：「弟兄們情況如何？」

「誰曉得？逃命都來不及！」劉宗敏滿不在乎的搖了搖頭，漫應著。「大概被曹變蛟那廝衝殺得落花流水了吧？」

李自成面色一黯，不再多言；劉宗敏則絲毫不見痛惜之情，一逕興奮的大叫大嚷。

姜小牙本屬劉宗敏麾下，一向把他當成天神看待，但此刻見他這副模樣，暗暗皺眉：「弟兄們死傷如此慘重，他卻不當回事兒，可謂薄情寡義，做他的部下可真倒楣。」

劉宗敏把座騎讓給了李自成，一面催促道：「快走快走，不要給官軍綴上了。」

李自成點了點頭，翻身上馬：「小牙兄弟，委屈你了。」

姜小牙受寵若驚，忙一躬到地：「大王，不敢。小人在前開路。」

劉宗敏這時才發現姜小牙，又聽李自成喚他「兄弟」，大感奇怪：「這個人是誰？」

李自成淡淡道：「他剛才幫了我個大忙，以後須他相助的地方還多著呢。」

劉宗敏皺著眉頭，不屑的把姜小牙上上下下看了好幾遍，根本懶得理他。

姜小牙見李自成並不詳細介紹自己的英勇事蹟，心中頗有點失望，轉念又忖：「是了，他乃一方之霸，當然不好意思敘述剛才的事。難怪古來帝王豪傑在史籍傳說之中，只有大發神威的時候，不見吃癟挨揍之慘狀。看來，愈是幫位高權重之人的忙，愈要當悶嘴葫蘆才行哩。」

他與李滾離開了窯洞，各奔己方陣營，他本想找到師父蕭湘嵐的鬼魂之後，立即離開闖軍、離開這片見了鬼的黃土高原，但蕭湘嵐這幾天都不見鬼影，而且他該膜拜頂禮的債主是燕雲煙，李滾的債主才是蕭湘嵐。

「早想到這一層，就不讓那胖子離開了。」姜小牙暗中直搔頭皮。「眞是難解的狀況，現在只能走一步算一步了。」

跟隨著李自成胯下健馬，一路朝西北飛奔。他雖然學藝未久，但既得蕭湘嵐傾囊相授，自是非同小可，撒開腳步，始終不疾不徐的跟在馬旁。

劉宗敏跑不出三里，就已上氣不接下氣，心中暗驚：「這個兔崽子可眞會跑，究竟是何來歷？有他跟在李闖身邊，老子就別混了！」

就像所有才華不高但野心極大的人，開始盤算起如何陷害對方的策略與步驟。唯獨此時，他一向呆板的臉上才會浮起愉悅的笑意。

絕路上的邂逅

三人一馬埋頭趕路，不覺天色暗了下來。李自成尋了處山坳把馬藏了，預備就在這裡過夜。

劉宗敏摸了摸肚皮，道：「可餓得緊。」眼睛一逕望著姜小牙。

姜小牙心忖：「盡瞅著我幹嘛？這種地方要到哪裡去找吃的？」嘴上又無法拒絕，只得說：「小人四處找找看。」

摸黑朝土山底下走去，一邊尋思：「這兒又沒窯洞，連蝙蝠都沒得抓。」他這些天來只靠蝙蝠過活，其他食物的味道都已快忘光了，但想起那段日子，胸口仍甜蜜得不得了，有時眞希望自己能永遠待在窯洞裡不出來。

「唉，蕭姑……師父怎麼出洞的第一天，就到處亂飄，大半天不見人……嗯，不見鬼，跑到哪裡去了呢？」

滿腦子胡思亂想，蒙頭瞎眼的不知走出多遠，來到一處斷崖邊上，左面是陡直的山壁，右面則是萬丈深谷，一條恰只夠單人通過的小路，蜿蜒指向對面山頭。

姜小牙往前走了數十步，見崖底黑漆漆的不知有多深，心頭直發毛：「雖跟師父學了點輕功，不曉得有沒有用……我看哪，萬一跌下去，多半還是找不著骨頭。」

正想轉身回頭，卻見對面奔來一人，身形嬌俏，婀娜多姿。姜小牙還以爲是蕭湘嵐的鬼魂終於找來了，高興的大叫一聲：「師……」

對方來勢飛快，掀掩之間已至面前，原來是個渾身紅衣的美豔女子，瞪了他一眼，道：「屍什麼屍？這裡有死人嗎？」

姜小牙並沒見過她，不知她就是闖軍陣營中鼎鼎大名的「紅娘子」，連忙陪笑：「沒有……只是胡言亂語罷了。」心想：「她把『師』聽成了『屍』，也難怪，三更半夜一個大姑娘家摸黑趕路，心裡一定害怕得很，我可別把她嚇到了。」刻意放輕嗓門，柔聲道：「姑娘，這麼晚了，還獨自在外行走，不怕遇見壞人？」

紅娘子的父親是前任白蓮教教主，因此她自小便學了一身軟硬功夫、異能奇術，打從八歲開始闖蕩江湖，就只有人怕她，她可沒怕過任何人，不料今日姜小牙竟把她當成一個小女孩兒，生怕她被壞人欺負，心中只覺新鮮至極，大笑一聲，道：「當然怕囉，我怕死囉！」

姜小牙搔了搔頭皮：「妳要往那邊去，是吧？我也正要回頭。妳等等，我走前面，妳跟著我。」雙手扶著山壁，戰戰兢兢的轉過身來，一步一步往回走。

紅娘子見他笨手笨腳，渾身破破爛爛，十根腳趾倒有八根露在破鞋子外面，暗暗好笑：「這麼個傻小子也想照顧我，眞是不自量力。他若發現我就是江湖好漢聞名喪膽的白蓮教主，不把尿都嚇出來才怪。」

紅娘子情況不妙

兩人一前一後的貼著山壁前行，驀聞遠方傳來一陣摧心裂膽的呼嘯，聲起時尚在對面山頭，聲落時已在姜小牙和紅娘子的上空。

姜小牙驚忖：「這人好厲害的功夫！」

紅娘子也臉色大變，將身一縱，躍過姜小牙頭頂，急急搶到山路盡頭的開闊之處站定，喝道：「木無名，你眞是不見棺材不掉淚！」

星光一暗，木無名魁梧的身軀已出現在她面前，哼道：「別人怕妳，我可不把妳當回事兒。」

紅娘子冷笑道：「刀王、刀霸兩人聯手出擊，都被我殺得落花流水，你又是個啥玩意，敢跟我說這種大話？」

木無名仰天大笑：「論武功，我並不比他二人強，但我有件東西是他倆沒有的。」話聲甫落，從懷裡掏出一帖符咒。「可認得這個？班鳩羅國師賜給我的護身符，妳有何妖術，儘管使出來，今日倒要看看妳有多大道行。」

紅娘子一見帖咒，心知法術必定施展不開，只得用眞功夫硬拚，「啪」地從腰間抽出一條兩丈四尺長鞭，手腕一振，鞭身宛若珍珠落玉盤的連串響了一十八聲：「算你三生有幸，能夠見識姑娘的鞭法。」

木無名嘿笑聲中，飛廉鋸齒大砍刀嗆然出鞘，猶如山塌，砍向紅娘子頭頂。

紅娘子不和他硬拚，邁開步伐，輕靈轉動，手中長鞭得隙便朝對方抽一下，一時之間倒也攪得木無名手忙腳亂。

姜小牙此時方知這個「小姑娘」竟是個武林高手，大感慚愧；又見「刀至尊」木無名兇霸霸的一個大塊頭，竟對一個女子狠狠相逼，毫無憐香惜玉之情，心下憤慨，當即拍著巴掌，爲紅娘子加起油來：「對，這一鞭抽他的屁股，等他轉身，再抽他肚子！」

紅娘子的武功雖可算得上一流，但面對木無名這種絕世高手，畢竟略遜一籌，仗著身法靈便，三十招之內尚可抗衡；時間一久，不免捉襟見肘。

木無名的大砍刀愈來愈像一堵水洩不通的銅牆鐵壁，節節進逼，使得紅娘子連呼吸都感到困難。

紅娘子暗叫：「不想今日竟命喪此人之手！」已然是束手待斃的局面。

姜小牙一旁眼見情勢危急，趕忙拔出解手尖刀，將身一縱，朝木無名撲去：「大塊頭，你要不要臉！只會欺負女人？」

木無名見他一身襤褸，本就沒把他放在眼裡，見他沒命衝來，輕蔑冷哼：「渾頭小子不知死活，憑你也配和大爺交鋒？」隨手一刀劈去，意料必把他砍成兩段。

姜小牙手中尖刀一陣顫動，刀光如同雨珠傾洩而下。

木無名、紅娘子同時一楞。「這豈不是『雨劍三十八招』的起手式——『久旱甘霖人間至樂』？『雨劍』蕭湘嵐從不收徒弟，這小子從哪裡鑽出來的？」

師徒矛盾定律

木無名驚愕未畢，姜小牙手中短刀已直指他心坎，嚇得他連退十餘步，喝道：「你是什麼人？」

姜小牙笑道：「要你命的人。」手上不停，「雨劍三十八招」連綿遞出，宛若一片雨幕將對手罩在其中。

木無名忙舉刀格架，但不管怎麼擋，刀光仍如雨珠潑灑進來，弄得木無名果然像個在雨中奔逃的行人，雙手遮頭，狼狽不堪。

這下子輪到紅娘子在一旁拍手大笑：「好雨！好雨！再下大一點！」

姜小牙殺得順手，心中也暗自得意，不料耳旁倏地響起蕭湘嵐的聲音：「這一招『梨花春雨無盡纏綿』你是怎麼使的？亂七八糟，不用心！」

姜小牙喜極大叫：「師父！」

紅娘子怪道：「誰是你師父？瞎嚷什麼？」

姜小牙吐了吐舌頭，當即住嘴，蕭湘嵐又一聲大喝：「『巴山夜雨』攻他下盤！」

姜小牙應聲出招，卻慢了半拍，被木無名躲了開去；蕭湘嵐又叫：「『霏霏江雨』斷他後路！」

蕭湘嵐口中不停指揮，姜小牙反而亂了章法，一片刀雨宛如偶落的陣雨，時下時停，到處都是缺口。

蕭湘嵐氣得大罵，但她愈罵，姜小牙就愈慌亂，紅娘子一旁看得也自發急，叫道：「喂，你怎麼搞的？剛才不是很順？幹嘛自亂陣腳？」

一句話倒令蕭湘嵐猛然警醒，心忖：「可是我的不對了，總該讓他放開手腳，否則一輩子也不成材。」

蕭湘嵐一住嘴，姜小牙就恢復了原先的順暢，但木無名終非等閒之輩，已窺出姜小牙弱點所在，冷嘿一聲，飛廉鋸齒大砍刀劈散雨幕，朝姜小牙當頭斬落。

他積忿已久，這一刀簡直用盡了全力，只聽刀風狂嘯，連空氣都被割裂。

姜小牙畢竟沒有對敵經驗，嚇得手腳發軟，全忘了如何招架閃躲；蕭湘嵐在旁雙眼一閉，暗喊：「完了！孤魂野鬼可當定了！」

黑影霍地一閃，一聲脆響直逼木無名後腦，卻是紅娘子手裡的皮鞭，迫得木無名只好放棄姜小牙，閃身躲過紅娘子的穿腦一擊。

紅娘子一面揮舞長鞭攻來，一面向姜小牙笑道：「姑娘我從小到大還未曾與人聯手禦敵，今日難得，咱們兩個就一起來吧！」

雨劍「皤虹」

姜小牙見有了幫手，膽氣大壯，短刀一振重新衝上。

紅娘子笑道：「看樣子，你沒什麼打架的經驗，你自己瞧仔細了，我的鞭子長，可別被我甩著了。」

姜小牙點頭道：「多謝姑娘提醒，這樣和人打架，確實是頭一遭。」

紅娘子又嬌笑一聲：「喲，倒是我的榮幸。」

蕭湘嵐聽他倆笑語晏晏，暗自發怒：「大敵當前，還在那裡恬無羞恥的和女人說笑，這個徒弟眞不像話！」

只見姜小牙和紅娘子兩人雖是初次相見，倒也配合得滿好，一個顧上，另一個就招呼下；一個攻左，另一個就打右，只鬧得木無名手足無措。

紅娘子笑道：「喂，我上輩子認識你嗎？怎麼這樣天衣無縫？」

姜小牙從沒聽過一個女子這樣和自己說話，自然靦腆，心中卻想：「人若眞的有上輩子，我倒可能和蕭姑娘……不，師父，有些瓜葛，否則今生怎麼會有此奇怪的緣分？」想著想著，臉上浮起一絲幸福的笑意。

蕭湘嵐看在眼裡，又氣不過。「被那野女人挑逗兩句，本性就全都露出來了，眞是個沒出息的東西！」

心頭念轉，場中的形勢可起了大變化，「刀至尊」木無名漸漸摸熟了兩人路數，飛廉鋸齒大砍刀開始加重威力，漸將兩人裹入刀圈之中。

姜小牙、紅娘子只覺面前像是有座山慢慢塌倒下來似的，壓得他倆幾乎喘不過氣，手上運轉兵刃的速度也愈來愈慢。

蕭湘嵐衡情度勢，已知他倆絕對捱不過十招，偏偏自己又幫不上忙，只有乾著急的分兒：「姜小牙用解手尖刀施展我的『雨劍』絕學，到底吃虧，如果他手裡有柄劍，可就好了。」

恰似回應她心中的希冀，忽見星空一暗，一條鵰鷹似的人影迅快絕倫的橫過眾人頭頂，喝了聲：「渾小子，接劍！」一抹烏光直奔姜小牙懷中。

姜小牙無暇細思，伸手一撈將那東西抓住，卻是柄古色斑斕的寶劍。

蕭湘嵐脫口驚呼：「我的皤虹寶劍！」

姜小牙心中一震。「果眞是師父所用之劍？怎麼竟會在此時出現？賜劍之人又是誰？」

木無名聽不見蕭湘嵐的驚嚷，雖不知這劍來歷，但已隱約察覺情況不妙，虛晃一招迫退紅娘子，狠狠一記殺著猛攻姜小牙而來。

姜小牙哪還有空思考，撇手丟掉尖刀，一翻腕，拔劍出鞘，只聽一聲銀震玉擊的脆響直透雲霄，彩虹般的七色光燄在夜空中搭起一座長橋。

紅娘子、木無名都眼睛一直，看得呆住了。「世間眞有這等寶劍？」

飛廉鋸齒大豆腐

蕭湘嵐見那擲劍之人轉瞬便登上絕壁頂端，暗感驚愕：「此人武功竟高到這種地步，莫非……」心中憶起一個人來，又覺得全無可能。「聽說他早已死掉了……何況，我的劍怎會落到他手裡？難道就是他把我和燕雲煙的屍體埋葬的嗎？」

本想「飄」趕過去，瞧清楚那人是誰，又擔心姜小牙安危，只一猶豫，那人已消失不見。

但聞紅娘子笑道：「你有了這把劍，定可叫那『刀至尊』連爬帶滾！」

「只怕未必！」木無名拿定了速戰速決的策略，先把紅娘子放在一邊，狠狠一刀向姜小牙劈來。

姜小牙兀自膽弱，閃身向後退避。紅娘子叫道：「怕他怎地？拿出眞本領來！」

姜小牙被她一激，立覺精神抖擻，長劍一展，「清明微雨行人斷魂」順勢而出，一點點細如牛毛的劍光宛若在天地之間拉起了一道帷幕。

木無名知他寶劍鋒銳，早已著意戒備，不讓自己的兵刃和對方碰撞，但分不清他的劍勢究竟從何處來，稍一遲滯，兩刃已交，「噹」的一聲輕響過後，木無名只覺手中一輕，忙躍退兩步，低頭看去，又厚又重的飛廉鋸齒大砍刀已只剩下了光禿禿的半截。

紅娘子拍手笑道：「咦，木無名，你手裡那是什麼東西？飛廉鋸齒大豆腐？」

木無名的臉色青一陣、紅一陣，輪流瞪著姜小牙、紅娘子，眼中都快噴出火來，終於厲吼一聲，掉頭奔入黑暗。

紅娘子嘴裡仍不饒人：「別跑嘛，豆腐還剩半塊，再拿來剁個爛碎，做盤麻婆豆腐讓大家痛快一下。」

半晌沒聽得木無名回音，諒必已走遠了。

姜小牙鬆下一口氣：「這傢伙好生兇惡！他當眞是和花盛、葉殘齊名的高手？」

紅娘子頗覺有趣的瞟了他一眼：「你這人很奇怪，江湖事半點都不懂，劍法偏又這麼好……你使的可是『雨劍三十八招』？」

姜小牙眼望蕭湘嵐，不知如何做答。紅娘子緊接著道：「沒聽說蕭湘嵐曾經收過徒弟，而且依她的脾氣，就算要收徒弟，也不會收你這種土頭土腦的傻小子。你能不能告訴我，到底是怎麼回事兒？」

姜小牙悄聲道：「師父，這要怎麼說？」

蕭湘嵐沒好氣的道：「你連偷屍體這等下三濫的事情都做得出來，撒個謊卻不會？」

姜小牙苦笑著說：「唉，師父，還在算這筆舊帳？我也是逼不得已……」

紅娘子見他一個人在那兒嘀嘀咕咕、鬼鬼祟祟，皺眉道：「喂，你是不是白癡？跟鬼說話？」

不會說謊的男人

有些人並不是不會說謊，但只要一見到女人嘴巴就打結兒，別提謊話，就連廢話都說不出口。

紅娘子見他一臉為難的神色，倒也不願強逼，搖了搖手道：「你不想告訴我就算了。蕭湘嵐那女人，脾性古怪得不得了，什麼事都做得出來……」

姜小牙忙轉眼望向蕭湘嵐，見她一張鬼臉氣得都快綠了，紅娘子仍說個不停：「十五年前，武林盟主『武神』燕老爺子五十大壽那天，我也跟我爹一起去拜壽，那是我第一次碰見蕭湘嵐……」
姜小牙驚訝的脫口而出：「原來妳早就認識我師父？」
紅娘子一笑：「原來她真是你師父。」
姜小牙楞了楞，暗忖：「可被她套出來了。」又聽蕭湘嵐在耳邊冷哼：「笨死了！」愈發無地自容。
紅娘子又道：「那時她還是個十四歲的小姑娘，我比她癡長三歲，她還要叫我大姐姐呢。」瞟了姜小牙一眼。「你呀，可要叫我大姑媽啦！」
蕭湘嵐又哼一聲：「既是大姑媽就該有個大姑媽的樣子，這般眉來眼去的好生無禮！」
姜小牙聽她話中竟似隱藏著一絲酸意，腦中一陣迷糊。「她在吃誰的醋？女人心，海底針。」
紅娘子繼續喋喋不休：「我記得可清楚，那天蕭湘嵐跟著她爹一進燕府大門，燕老爺子的幾個頑皮徒弟就圍了上去，以爲這小姑娘好欺負；哪知她禁不起三言兩語就發起怒來，喝！可從沒見過脾氣這麼壞的姑娘家……」
蕭湘嵐罵道：「我脾氣壞？妳又好得到哪裡去？」
可惜紅娘子聽不見，續道：「她東一腳、西一拳，打得那些小子滿頭是包。燕老爺子的徒弟一向仗著燕府聲勢顯赫，驕橫得不得了，一旦被個小姑娘修理得慘兮兮，當然臉上掛不住，當下不管三七二十一，蠻牛般亂衝亂撞，直想把她踏成肉餅，蕭湘嵐畢竟年紀還小，眼看著就要吃癟，一個英氣勃發的大後生趕了過來，喝止住師弟們的喧鬧，而且還一人給了一記大耳光……」

姜小牙笑道：「這個大徒弟倒滿不賴。」

蕭湘嵐不知為何，竟似非常不願回憶起這一段，一忽兒飄到紅娘子耳邊大叫：「夠啦！別說了！」一忽兒又直勁扯著姜小牙。「我們走，沒什麼好聽的！」

他這些天來暗戀師父，只一個「苦」字差可形容，但師父的過往一概不知；天可憐見，此刻碰到一個能把師父的經歷如數家珍的人兒，姜小牙豈肯輕易放過？更何況，師父一經提起那「燕老爺子的大徒弟」便反應激烈，姜小牙當然更是好奇，完全不理會蕭湘嵐的拉扯，莽莽然追問：「他是誰？他後來跟我師父怎麼了？」

紅娘子輕笑一聲：「提起此人，你可站穩了別摔倒，他就是日後在成千累萬的武林高手之中，排名第一的『天抓』霍鷹！」

「三角」萬歲！

姜小牙如雷貫耳，渾身一顫。「師父的武功已高到這種程度，才只排名第二，排名第一的『天抓』霍鷹卻是何等人物？」

即如紅娘子這般輕蔑世俗價値的奇女子，提到「霍鷹」之時，臉上竟也浮起一抹傾慕的光澤：「說起霍鷹的身世，也眞夠悲慘，他還未足兩歲，滿門親族五十六口便被仇家屠戮殆盡，幸虧『武神』燕山青恰巧路過當地，救下了他，並將他撫養長大，還傳給了他一身本領。在老爺子的眾多徒弟當中，他可謂出類拔萃，鶴立雞群，不但功夫最好，而且性格沉穩，智計過人，胸懷領袖群倫之才……」

姜小牙道：「燕老爺子既稱『武神』，劍法自然高強，還會使飛抓？」

紅娘子道：「飛抓不是跟燕老爺子學的，那是後來的事，誰都搞不清楚……燕老爺子確實只傳他劍法而已。」

蕭湘嵐聽到這裡又焦躁不休，對準姜小牙耳孔大嚷：「走啦！別聽她胡說八道！」

姜小牙見她如此，反而愈感興味，忙問：「我師父跟他怎麼了？」

紅娘子笑道：「那一刻，蕭湘嵐與霍鷹彼此的心中到底在想些什麼，當然沒人知曉，但我也是女人，我可看得出來，蕭湘嵐的一顆芳心已牢牢繫在霍鷹身上……」

蕭湘嵐跳腳怒吼：「妳亂講一氣！妳怎知我心裡想些什麼？」

紅娘子嘆了口氣，又道：「但悽慘的是，他倆已註定了今生無緣……」

「究竟爲何？」

「燕、蕭兩家乃是通家之好，蕭湘嵐還沒出生就已被許配給燕家的大少爺了。」

「指腹爲婚？」

「沒錯。」紅娘子聳了聳肩，似在替霍鷹惋惜。「霍鷹只是養子，還能有啥想頭？」

姜小牙心中也覺一陣失落。「原來師父早已是別人的老婆，夫家且貴爲什麼武林盟主，聲威顯赫，我這豈不是癩蝦蟆想吃天鵝肉？」

蕭湘嵐一旁只像個大火砲，就快要爆炸開來，一邊跳腳，一邊亂罵：「紅娘子！妳再亂講？妳懂什麼？姜小牙！你跟我走！你……你到底有沒有把我這師父放在眼裡？你再和那騷娘兒們說東道西，我一輩子都不理你！」言畢，轉身就「飄」。

姜小牙見她神情至爲恐怖，又怕她眞的把自己給甩了，只得暫且放下追問之心，正想跟隨她離去，嘴裡仍不免丟出了句：「唉，師父，我只是想說，燕家大少爺好福氣……」

紅娘子失笑道：「好什麼福氣？燕大少爺如果本領稍差，即使有一萬條命也不夠她殺的！」

姜小牙一聽這話，忍不住停下步子：「燕大少爺到底是誰？」

紅娘子唉了一聲：「你還猜不出來？當然是『風劍』燕雲煙囉！」

我也要做偷窺狂

姜小牙再怎樣也想不到世上竟有這麼奇怪的事情，一楞之後，扭頭想要獲得蕭湘嵐的證實，發現她又不見了。

「這可好，真把她給氣跑了。」姜小牙茫然佇足四望，一面忖度著：「看樣子，師父果真有非常傷心隱痛之事，我剛才還要問東問西，實在太不應該了。」

紅娘子見他魂不守舍的模樣，笑道：「你這人毛病倒眞不小，一會兒發呆，一會兒喃喃自語。我不管你啦，我要去找閻王啦。」掉頭就要走。

姜小牙倏地驚醒，叫道：「妳要找閻王？妳為何……」見她渾身紅衣，這才喚起記憶，猛拍一下腦袋。「莫非妳就是新近加入閻軍的紅娘子？」

紅娘子笑道：「喲，我這麼有名哪？」

姜小牙躬身道：「小人乃閻王麾下小卒，姓姜名小牙……」

這回該紅娘子發楞了：「你這一身好本領，閻王卻只讓你當個兵？」

姜小牙靦腆道：「實因……閻王並不知曉……」

紅娘子曖昧笑道：「你和蕭湘嵐在搞些什麼勾當，自是不便對人說起。」

姜小牙暗道：「看來她並不知師父已死，竟懷疑我和師父怎麼樣了。」心中一急，編出一番謊來：「我和師……蕭姑娘其實並沒什麼，蕭姑娘還不一定認得我，只因五年前我在『潼關』的一間客棧裡當伙計，蕭姑娘恰好路過，住了幾日，每夜練劍，被我躲在一旁偷看，才偷學了幾招……」

紅娘子點點頭道：「原來如此。」心底暗罵：「渾小子滿嘴鬼話，連個謊都不會撒，以為老娘這麼好騙？偷看幾天就能偷看出一身好武功，那天下人可不都要去當偷窺狂了？」

姜小牙還以為騙過了她，暗叫僥倖，忙道：「我帶妳去見闖王。」

李自成、劉宗敏本已快睡著了，一見紅娘子到來，精神都為之一振。

紅娘子道：「主公，李過已率領殘部退往黑水寨，我家相公則在虎頭峪收撫潰卒，預料傷亡情況並不嚴重，稍行整補，便可與曹變蛟再做決戰。」

李自成看了姜小牙一眼，並不多話，只一逕點頭：「好，好。」

翌日，天還沒亮，一行人便直奔黑水寨。將近正午來到一條小河邊上，劉宗敏一拍姜小牙肩膀，道：「走，咱們去弄點水來喝。」

姜小牙接過革囊，走下河岸，劉宗敏跟在後面。

姜小牙心中惦念蕭湘嵐，不知她還會不會回來，打從昨夜開始便一直恍恍惚惚、心不在焉，此刻下至河岸邊上站定，竟忘了自己要幹嘛，歪頭想了半天。「喔，對了，要取水。」

正蹲下去以革囊汲水，突從河水的反影裡，看見身後的劉宗敏悄悄拔出佩刀，一刀朝自己頭上砍下。

被冤屈的大孩子

這一下事出意外，姜小牙縱然這些日子武功大進，也差點應變不及，險些被他削掉半個腦袋。

「劉將軍，你幹什麼？」

姜小牙俯身避過，斜刺裡飛起一腿，正踢在劉宗敏持刀的手腕上。劉宗敏只覺手骨一陣劇痛，鋼刀飛起老高，掉入河中。

姜小牙虎跳起身，早抓住劉宗敏肩頭：「你為什麼要暗算我？」

劉宗敏痛得齜牙咧嘴：「是……是闖王的意思！」

姜小牙腦中如遭雷擊，暈眩了老半天：「我拚死救他，他為何……」

劉宗敏道：「我也不知……你自己去問他……」

姜小牙當即扯著劉宗敏，向河岸上走回，兀自隔著一段距離，就聽得李自成豺狼低沉咆哮的聲音傳了過來：「老劉懷疑他是來臥底的，否則他怎會『風劍』的拿手招數？燕雲煙身為當朝二品武將，正是吾等死敵！」卻是在跟紅娘子說話。

姜小牙這可學了乖，先把劉宗敏按倒，自己也伏在一塊大石頭後面。

又聽紅娘子道：「你確定那是『風劍』的招數？我可親眼看見他把『雨劍三十八招』使得滾瓜爛熟。單就這一點來看，他就不可能和『風劍』燕雲煙有什麼關係——世上怎麼可能有人同時身為『風雨雙劍』的徒弟？」

李自成道：「我也知這事兒透著古怪，他若來臥底，幹嘛又把『風起雲湧』這一招露給我看？」

「就是囉。」紅娘子維護姜小牙的語氣堅定。「主公，你並非技擊行家，看錯了也是有可能的。」

李自成笑道：「什麼『風起雲湧』，我根本看不懂，是他自己親口承認的。」

「那就更沒道理了。」

「老劉說他這是虛虛實實，故意讓人摸不透。」

姜小牙狠狠瞪了劉宗敏一眼，一把拉起他，走上河岸，交談中的兩人立即住嘴。李自成見姜小牙還好端端的活著，絲毫不覺意外，順口道：「老劉，馬餵飽了就上路吧。」

姜小牙心中當即雪亮。「闖王就算對我有所疑心，也不會恩將仇報；想殺死我，根本就是劉宗敏自做主張。」

饒是如此，被人懷疑、平白蒙受冤屈的滋味實在難受，姜小牙只覺一陣委屈襲上心頭，如同一個大孩子，大滴眼淚奪眶而出。

紅娘子見他這副可憐模樣，早已了然七、八分，忙道：「姜小牙，你剛才幹嘛去了？」

姜小牙聽她語氣溫柔，再也忍耐不住，像跟媽媽告狀似的指著劉宗敏：「他想殺我！」

李自成一雙慘綠色的鷹眼閃出令人戰慄的殺氣：「劉宗敏，你什麼意思？」

蕭湘嵐的底細

劉宗敏無可抵賴，「咕咚」一聲跪倒，哀聲道：「我……我眞的以為他是『風劍』燕雲煙派來臥底的奸細，殺他當然是以免後患無窮。」

紅娘子冷笑道：「你認得燕雲煙嗎？你識得出『風劍三十七式』嗎？」

劉宗敏冷汗涔涔，不停搖頭。

紅娘子愈發厲聲：「那你怎麼可以胡說八道、信口雌黃，不分青紅皂白的就想把救了主公一命的大功臣殺死？」

劉宗敏只有連連叩首的分兒，連聲道：「老劉錯了……老劉錯了……」

李自成面色稍霽，緩緩道：「紅娘子剛才對我說得清楚，姜小牙兄弟是蕭湘嵐的徒弟，你懂吧？」一眼望見姜小牙背上的皤虹寶劍，再無疑慮。「你看看，那是什麼東西？」

劉宗敏這才瞧清那威鎮群雄的標誌，又慌忙轉向姜小牙磕頭：「老劉有眼不識泰山，原來您老是『雨劍』蕭大師傅的高足！」

姜小牙的腦海裡又一陣迷糊：「怎麼？師父竟是闖軍中的大人物？連劉宗敏、闖王本人都對她這樣敬畏有加？」

紅娘子又似看透了他的心思，不知和誰說話的喃喃自語：「蕭湘嵐可是闖王的劍術老師哩。」

姜小牙心中豁然開朗。「原來燕雲煙是大明之臣，師父卻是闖王的親信，難怪他倆勢不兩立，那夜拚了個同歸於盡；但……聽紅娘子剛才說，他倆本該是夫妻才對，這又在搞什麼鬼？」

但聽李自成向自己問道：「蕭師傅哪裡去了？這麼多天不見蹤影？」

姜小牙搔了搔頭皮，不知如何作答。

紅娘子轉動眼珠，向劉宗敏道：「好啦，你別當磕頭蟲啦，起來吧。」

劉宗敏乖乖站起，眼中透出誰都沒能看見的怨毒之色。

紅娘子又轉向李自成道：「主公，剛剛想起一事蹊蹺，班鳩羅老禿驢、『風劍』燕雲煙、『刀至尊』木無名都非沙場上的戰將，如今巴巴的跑來這裡幹嘛？顯然有更大的陰謀在內。」

李自成點頭道：「我也是這麼想。這幾個人確實來得莫名其妙。」

「不如這樣，」紅娘子沉吟了一會兒。「主公，您和劉將軍繼續向黑水寨進發，我呢，就和姜兄弟回頭，摸入官軍營寨，探聽一下他們究竟意欲何為。」

李自成擊掌道：「如此甚好。就這麼辦。」狠瞪劉宗敏一眼，喝道：「走吧，還想亂殺人嗎？」

劉宗敏苦著一張臉，追隨李自成馬後而去，仍不忘朝向姜小牙拋出一記「你死我活」的眼神。

紅娘子見他倆去遠了，方才笑道：「姜小牙，今日終於懂得人心的險惡了，這就叫害人之心不可有，防人之心不可無。像你這般終日懵懵懂懂的，被人殺上一百次，都還算是活該！」

姜小牙感激涕零：「今天若非大姑媽相助，我眞是跳進黃河都洗不清了。」

姑娘論英雄

兩人返身奔向官軍營盤駐紮之處。

紅娘子邊走邊笑問：「喂，姜小牙，你怎麼老愛自言自語？小時候有沒有摔過跤？」

姜小牙心忖：「可把我當成瘋子了。也難怪，成天對著一個別人瞧不見的東西說話，當眞有些嚇人。」嘴上胡亂應道：「我娘犯有手軟的毛病，抱不住娃兒，曾經摔過我一、兩次……」

紅娘子笑道：「我學過些醫術，有空幫你看看。」

姜小牙思前想後，覺得她對自己眞好，不由得有點想哭：「妳眞的好像我娘。」

紅娘子睨他一眼：「我是你大姑媽。」

姜小牙道：「也跟娘差不多。」

紅娘子沒轍兒的笑道：「你這人雖然很多地方都很奇怪，卻是老實得教人受不了。」

兩人趕了一程路，看看天色將黑，道旁正好有個山神廟，便權且歇下了。

紅娘子從懷中掏出一個小葫蘆，拔開木塞，立時酒香撲鼻；再從袖裡抖出一支鐵筒，三搖兩晃，發起火來，湊到葫蘆底下盡烤，酒香益發濃冽得醺人欲醉。

又不知從哪裡摸出了兩隻小酒杯，各自斟滿，一面笑道：「這就叫烹土宰泥且爲樂，會須一飲三百杯。你今天撿回一條小命，該當慶賀一番。」

姜小牙三杯酒下肚，想起這兩天的遭遇，感慨萬千的嘆道：「世道眞個是複雜難測，愈是在上面的人，幹的一些事兒愈是教人猜不透。想那劉宗敏，號稱『闖王帳下第一勇將』，我本是他麾下士卒，見他每次打仗都很兇猛，簡直把他當成神來看待，想不到竟是如此卑鄙的小人！」

「劉宗敏那東西當然不是什麼好貨，當初我投效闖王，第一眼看見他就想在他鼻子上揍一拳！」紅娘子說著，忽然有些失神。「但，唉……」

姜小牙聽她話中有話，怪問：「姑娘……姑媽為何嘆氣？」

紅娘子搖了搖頭道：「你當今日之事，完全是劉宗敏的主意嗎？劉宗敏這狗東西最會揣測上意，李自成若真沒殺你的心，他哪敢動一你一根汗毛？」

姜小牙可又想哭了：「他為什麼……」

紅娘子道：「沒別的，疑心病重罷了。我因見天下糜爛，大明必將崩頽，才四出尋覓明主，想要幹一番大事業，不料那些流寇首領，什麼張獻忠、羅汝才、過天星……都是些狗彘不如的貨色，好不容易瞧覷闖王像點樣子，才投奔於他，豈知他別的倒還好，只就兩個缺點：一是多疑，二是草莽氣息永遠都改不掉，這種人掃蕩天下綽綽有餘，但若要逐鹿中原、繼承大統，恐怕還差得遠！」

姜小牙暗自動念：「這姑娘是個胸懷大志的人呢。」

廟外朔風呼號，蒼穹下隱藏著無盡騷動，夜色凝結得有若一塊磐石，黎明彷彿永遠不會降臨。姜小牙忽又心忖：「當年曹操和劉備煮酒論英雄，大概也就是像我們現在這樣吧？」

紅娘子又搖頭一嘆：「唉，天下英雄，誰能當之？」

姜小牙腦中靈光一閃，脫口道：「我倒想起一人！」

打翻醋罈子

紅娘子笑問：「你想到誰？」

姜小牙道：「聽說妳家相公『中州大俠』李巖雄才大略，乃人中之龍。」

紅娘子忙皺眉搖手：「姜小牙，你幫我一個忙，此話休要再向人提起。」

姜小牙一楞，隨即明白她的顧慮，點頭道：「人心險惡，樹大招風，搞不好就有殺身之禍。」

「你愈來愈聰明了。」紅娘子聽他如此讚譽李巖，心裡自然高興，在身上一陣東摸西摸，摸出了幾碟小菜。「有酒沒菜，卻似有雪無月，來，嘗點兒吧。」

姜小牙對她的本領眞是佩服得五體投地：「妳這身法術有趣得緊，什麼都變得出來。」

「你若有興趣，哪天教你幾手。」

「好啊……」姜小牙一句話還沒說完，忽聽得耳邊一個聲音道：「你們兩個好樂和嘛，又有酒菜、又打情罵俏。」

卻是蕭湘嵐「飄」回來了。

姜小牙心中一喜，本想大叫招呼，但又怕紅娘子誤以爲自己又發瘋了，只得硬生生嚥下歡呼，只把眼睛望著她。

蕭湘嵐見他竟不作聲，不由氣悶：「有了那個大姑媽，就不想認我這個師父了，是不是？」

姜小牙兩面爲難，急得臉紅脖子粗。

紅娘子見他前一刻還有說有笑，下一刻又左顧右盼、恍恍惚惚，不禁發噱：「喂，怎麼不說話了？」

姜小牙搔著頸根，囁嚅道：「有人……我是晚輩，不應該……」

紅娘子失笑道：「原來如此。你我江湖中人，本不必太拘泥禮儀，況且，什麼姑媽不姑媽的，根本是句玩笑話而已。」

蕭湘嵐怒道：「妳可別忘了妳有老公！」

紅娘子似和她極有默契，緊接著道：「我家相公不拘小節，就算他看見我倆孤男寡女，三更半夜相對飲酒作樂，也不會怎麼樣的。」

蕭湘嵐哼道：「家教不嚴，以至貽羞門庭！」

紅娘子又道：「我家相公出身仕宦之家，但全無豪門習氣，眞乃成大事之霸才也。」

姜小牙忍不住道：「這回是妳自己講的，我可沒講。」

紅娘子「嗤」的一聲笑了出來：「是我多嘴。」見他憨厚老實，因問：「你原是農家子弟吧？」

「我乃高郵人氏，祖孫三代都是佃農，後來天下大亂，連田都沒得耕了，只得胡亂幹些營生，七歲那年，父母相繼餓死，我在驛道旁跪了二十幾天，沒人搭理，幸虧有個好心的同鄉吳老爺幫我埋葬了父母，然後帶我到北京，留我在他家裡當個小廝……」

「喲，你還到過北京，那就不是土包子了。」

「吳老爺見我還算機伶，教我認了幾個字，讀了幾冊書……」

「喲，還讀過書，是個相公呢，難怪言語頗有點門道。」紅娘子不停插科打諢。

姜小牙露出比哭還難看的笑容：「但我的運氣可真背，好日子沒能過上一年。有一天，奶媽吩咐我上街去買東西，我是個傻笨蛋，才剛轉出胡同口，就被人口販子擄走了，輾轉賣了好幾次，最後把我賣到了陝北……」

「唉呀，這可糟了！」

「過沒兩年，買我的那家人又都被流寇殺光了！步兵隊中有個頭目見我還有幾斤力氣，就把我收編到了他的隊裡，我哪想跟人殺來殺去，但是……」姜小牙重嘆搖頭，再也說不下去。

紅娘子也跟著沉重嘆息：「唉，生當亂世，人命賤如螻蟻。」

蕭湘嵐一旁忽忖：「姜小牙雖是我徒弟，但有關他的事情我一概不知。人家紅娘子跟他相處沒多久，就懂得關心他，我這師父真是白當了。」不覺有些慚愧。

紅娘子又道：「你這聰明絕頂的人，如果生對了時代，應該可成就一番大事業。」

蕭湘嵐聽得此話，又心頭發怔。

欣賞定律

絕大多數人都只能看見別人的缺點，看不見別人的優點。

老師對於學生、父母對於子女，朋友之間、夫妻之間，都是如此。

能夠欣賞別人，的確是一件非常不容易的事。

文人互相吹捧，文章才能得世人賞識；顧客交相吹捧，飯館才能生意興隆。

蕭湘嵐和姜小牙相處了這麼久，除了厭憎與利用之外，根本看不到他的任何優點，現在眼見紅娘子頗爲欣賞姜小牙，讓她腦門彷彿挨了一鎚，沉思著飄出山神廟外。

姜小牙見她不在身邊，忙向紅娘子打探隱私：「妳昨夜說到，我師父本該和燕雲煙是夫妻，既然如此，爲何後來竟弄得互相仇恨，不死不休？」

紅娘子嘆道：「所謂造化弄人，莫過於此。燕雲煙雖和蕭湘嵐是指腹爲婚的一對，但燕雲煙並非混帳，他早已看出大師兄霍鷹和未婚妻蕭湘嵐互相仰慕，便起了成全二人之心，在一個月黑風高的夜晚，獨自攜帶著墨雷寶劍，自我放逐天涯。」

姜小牙心想：「燕雲煙眞是條漢子！我當了他幾天徒弟，也算與有榮焉。」

紅娘子續道：「這樣經過幾年，不料忽一日，燕雲煙竟在一個小鎭上和身負重傷的霍鷹碰了面。」

姜小牙怪道：「霍鷹武功絕世，怎會被人打成重傷？」

紅娘子道：「這全是誤會，待會兒再說。燕雲煙見大師兄傷得血肉淋漓，自是心痛，又問起他和蕭湘嵐的姻緣。霍鷹卻道：『因爲小兄和蕭姑娘情愫暗生，竟逼得師弟遠走天涯，我怎生過意得去？我和蕭姑娘實在沒有怎麼樣，我這幾年四處奔波，就是要把你找回去和蕭姑娘成親。』」

姜小牙心忖：「你讓來、我讓去，師父可不變成了一塊大餅兒？」

「燕雲煙見霍鷹如此誠懇，況且他對蕭湘嵐本就有無比的好感，心中自然有所轉寰，便道：『好，等我殺死了那個打傷你的狂徒，就回家去和蕭姑娘成親。』不理霍鷹的急聲勸阻，奔出旅店，果然看見一個喝醉酒的少年在街上任性胡爲、見人就打。燕雲煙上前質問：『是你打傷我的大師兄嗎？』那少年大剌剌的道：『被我打死的人多了，我怎知你說的是哪一個？』燕雲煙胸口氣生，沒兩招就將那少年斃於劍下。」

姜小牙拍手道：「殺得好！」

紅娘子大搖其頭：「殺得一點都不好。霍鷹本是要勸阻那少年除惡向善，所以才故意被他連打了一十八掌，卻不還手。」

姜小牙怪道：「爲何如此寬容這個狂徒？」

「因爲這少年正是蕭湘嵐的么弟！」

愛情的真面貌

紅娘子又嘆一聲：「蕭湘嵐的父親最疼這個么兒，犯了養子不教的毛病，以至他長大後目中無人、胡作非爲，但蕭湘嵐也最喜歡這個弟弟，不料竟被燕雲煙所殺，你想想看，蕭湘嵐還能和燕雲煙結爲夫妻嗎？」

姜小牙唉道：「世事巧合，有時眞的莫名其妙。但這樣也好，燕雲煙不得不退出追求師父的行列，豈不正成全了霍鷹和我師父的姻緣？」

紅娘子瞪他一眼：「成全個屁！你再想想，燕雲煙殺死蕭湘嵐的么弟，原是爲了替霍鷹出氣，霍鷹心中能不遺憾，還能與蕭湘嵐成親嗎？」

姜小牙喪氣道：「說得也是。」

「霍鷹不但覺得對燕雲煙有所虧欠，而且今生再也無顏面對蕭湘嵐，從此飄泊四方，在江湖上留下了無數傳奇，但從沒一人知道他眞正的下落。近幾年聽說，他已死了，不曉得是眞是假……」

姜小牙搔了搔頭道：「師父和燕雲煙的仇，結得實在沒什麼道理……」

紅娘子道：「起因原是蕭湘嵐的么弟無理，本來三言兩語就能交代清楚、解卻冤仇的，但燕雲煙、蕭湘嵐都是心高氣傲之人，一見面，你槓過來、我槓過去，槓得雙方都七竅生煙，自然不會有好結局。」

姜小牙想起燕雲煙、蕭湘嵐兩人互不相讓的情景，也有點啼笑皆非。

紅娘子又道：「再者，日後兩人意見不同，燕雲煙武舉殿試，掄得狀元，在朝中得意；蕭湘嵐則悲憫蒼生，投奔闖王陣營，兩人於是愈行愈遠、怨仇日生，終至不可收拾。」

姜小牙嘆道：「看來，人的驕傲當眞是百害而無一益！」

「沒錯。」紅娘子喟嘆。「你師父一輩子就壞在這個『傲』字上面。」

姜小牙尋思：「師父也眞夠命苦！沒有人能夠安慰她……唉，我呢？」思慕之心又起，紅著臉向紅娘子問道：「妳可能是最了解師父的人了，依妳看，師父的心性會喜歡什麼樣的男子？」

紅娘子掩嘴大笑，睨了他一眼：「小兔崽子，心還眞大哩，腦筋動到你師父頭上去了？」

姜小牙羞得簡直想挖個地洞躲進去：「我也知道這不對，但就是沒辦法……」

紅娘子正色道：「姜小牙，永遠記住我今夜跟你講的話，沒什麼對不對的，你愛她就是愛她，就算她是你師父，又怎麼樣？誰規定徒弟不能愛師父的？」

姜小牙心中恍似乍然打開了一扇門，眼睛也發出光來，猛地站起，朝著廟外大叫：「師父，我愛妳！妳聽見了嗎？」

叫聲直傳到月夜星空之外，純摯的情意幾將冰冷大地融化成為春水。

蕭湘嵐在外聽見，惱怒不已：「這渾小子亂吼什麼？讓天下人笑話！」

她想飄過去叫他永遠閉嘴，但在這個節骨眼兒上又不知要怎樣對他開口，良久之後，才發現自己的眼眶竟已微微溼潤。

她這一生孤芳自賞，從沒把任何一個男人放在眼裡，不料現在竟冷不防的被一個傻呼呼、髒兮兮的莊稼少年打動了心，這讓她如何能夠承認？

她轉而面向荒野，吼出一陣神經質的號嗃。

偵探定律

世上沒有人對於偷雞摸狗的勾當，能夠像紅娘子這般精熟。

她一定要等到黎明時刻，方才摸入官軍營寨。她的理論是：「人在清晨起床的時候，最會吐露機密。」

這會兒，她和姜小牙兩人伏在班鳩羅的大帳外面，望著那醜陋的老喇嘛在床上哼出了十幾口濃痰，然後精赤著空心麻布袋一般乾癟的身軀，像條蚯蚓似的溜下床來，他倆生平第一次憬悟，原來人類並不是非常體面的動物。

班鳩羅四處找不著洗臉水，拉高殺雞似的嗓門吼道：「値帳衛士何在？這樣輕待國師，不要命了是不是？」

帳外一陣忙亂，一個肥胖衛兵急匆匆的捧了盆泥漿般的臭水奔入：「國師請用。」

班鳩羅反手就刷了他一耳光：「這種水也能淨面嗎？」

那胖子委屈的搗著肥肉團團的面頰：「方圓十里之內，就只有這種水……」

「皇帝老兒好生作怪，竟把我派來這鳥不生蛋的鬼地方！」班鳩羅生了一回悶氣，沒轍兒的擺了擺手。「你滾吧你！」

姜小牙躲在暗處，差點笑出聲來。紅娘子怪道：「你笑什麼？」

姜小牙道：「那個衛士名叫李滾，是和我共過患難的好兄弟。」

紅娘子愈發奇怪：「怎會如此？」

「這嘛，說來話長。妳別看他像塊五花肉，眞要發起威來，可是無人能擋哩。」

紅娘子將信將疑，卻聽一個粗大嗓門在營盤中央嚷嚷：「前天才跑回來歸隊的那個李滾在哪裡？」

姜小牙一扯紅娘子，順著密密麻麻的帳腳，偷溜過去一看，那倒楣的李滾又低著頭，像顆肉球似的滾到一個滿臉生著鬍子的軍官面前：「領隊有何吩咐？」

鬍子領隊狠瞪著他：「前兩天事忙，還沒跟你算帳，你這許多天躲到哪裡去了？」

李滾忖著：「我若說我躲在一個窯洞裡，和當世頂尖的武林高手『風劍』燕雲煙學武功、練劍法，他不把我當成瘋子才怪！」但他反應魯鈍、口舌極笨，一時之間也胡謅不出個道理，只把那顆肥得出奇的腦袋搵得「沙沙」作響。

鬍子領隊更加氣憤：「前日咱們和闖賊大戰之時，你在哪裡？臨陣脫逃，你該當何罪？」

李滾暗叫：「糟糕，可把我當成逃兵了！」愈發慌亂得手足無措。

鬍子領隊見他這熊像，再無懷疑，喝道：「飛羆營、奎木狼隊的兄弟聽令：即刻拿下這個貪生怕死的壞貨！」

李滾天性好吃懶做，有吃的跑第一、要幹活兒就叫肚子痛，因此他在行伍裡的人緣一直不是很好，既聽領隊要拿他治罪，奎木狼隊的兵卒們莫不奮勇爭先，宛若一窩虎頭蜂似的潮湧而上。

當李滾的身軀被團團包圍住的時候，可真有點像水餃裡油漬漬、肥墩墩的肉餡兒。

胡直被刮鬍子

正像那些從小就是同伴們的出氣筒，成長經驗裡充滿了侮辱、欺壓、輕蔑的人，李滾一旦發起橫來，就如同一座岩漿亂噴的火山，何況，這座火山如今還得到了「風劍」燕雲煙的眞傳。

奎木狼隊的數十名官兵，還沒摸著李滾的身子，就一個個放風箏似的飛了出去，營區內滾滿了一地人球。

鬍子領隊平日最愛欺負李滾，根本沒把他當成人看待，此刻依然延續著舊習慣，一點也沒去思索這傢伙怎麼變得這麼厲害，當即抽出腰刀，喝道：「李滾，你找死？」兜頭一刀砍了過去。

李滾無暇考慮，直覺反射的拔出解手尖刀，一招「風起雲湧」順手遞出，大伙兒只感到一陣狂風平地颳起，旋轉騰躍，刺得眾人顏面生疼。鬍子領隊更沒搞清楚怎麼回事兒，手中腰刀已飛上半空，緊接著雙頰一陣冰涼，急忙連滾帶爬的逃出十幾丈遠。

好不容易驚魂甫定，站穩腳步，部屬群中卻爆出不可遏抑的鬨笑，伸手往下巴一摸，才發現滿臉鬍子已被李滾那一刀剃得精光，登即木頭似的呆立當場。

士卒們又叫又笑又怕又罵，鬧翻了天，早驚動了營中各級軍官，都指揮、把總、千總、領隊、管隊……統統都趕過來探察究竟。

「咦，胡直，你的鬍子跑到哪裡去了？」

眾人愈發聒噪，攪得那名叫「胡直」的鬍子領隊恨不得馬上死掉還來得痛快。

忽聽一個聲音喝道：「大清早何事喧囂？」

躲在暗中的姜小牙、紅娘子相視一笑。「賣豆腐的來了。」

木無名從帳中走出，背上揹的當然不是他那柄已被姜小牙削成半截的飛廉鋸齒大砍刀，只胡亂弄了把普通的鬼頭刀充數。

木無名皺眉掃視眾人：「汝等無端譁噪，全無軍紀，難怪連李自成那等毛賊草寇都應付不了，圍勦數載，勞師費餉，未建寸功，汝等還有何面目面對聖顏？兀自鎮日嬉笑狎戲，成何體統？」

各軍官大眼瞪小眼，都在肚內暗罵：「咱們隸屬曹都督麾下，這傢伙是什麼東西，敢在這裡大吼大叫？曹都督盡忠王事，與流寇血戰百餘役，半壁天下才得以保全，怎容他如此信口誣衊？」心中俱各忿忿難平。

一個姓張的都指揮實在忍耐不下，挺身而出，戟指大罵：「你奶奶的個熊！整天坐在北京城裡混吃等死，啥個鳥事都不知道，憑什麼在這邊亂放屁？」

木無名背翦雙手，神色倨傲的道：「本官乃『御前侍衛總管』，此番前來，就是要稽核你們這群連盜賊都不如的部隊！」

姜小牙暗想：「原來官軍陣營中有這麼許多內鬨傾軋，怪不得打仗老打不贏。」

只聽一個熟悉的嗓音冷森森的道：「我一死，他就立馬變成了『御前侍衛總管』，可眞會混。」

姜小牙一驚回頭，正見燕雲煙的鬼魂站在背後，不大爽快的朝著木無名吐唾沫。即便已永離塵世，仍難擺脫人類的劣根性——對於繼承自己職位者的輕蔑與鄙夷。

燕雲煙緊接著又似笑非笑的看了姜小牙一眼，道：「你跟蕭湘嵐混得還不錯嘛，學了不少東西。」

姜小牙道：「師父……嗯，不是……燕公……」

紅娘子一旁怪問：「你又亂叫什麼師父？你哪來那麼多師父？」

好厲害的死胖子

李滾眼見軍官們竟和什麼侍衛總管吵了起來，忙把頭一低，就想開溜，卻被兩名千總逮個正著：「咦，罪魁禍首就是你，想躲到哪裡去？」

一左一右奔來，探掌抓向李滾肩頭。

李滾不及細思，雙手一甩，「燕行一炁」的眞力灌臂而出，將那兩個千總摔出七、八丈遠，砸在地上兀自帶起一片塵灰飛揚。

兵卒們又紛紛怒罵，但木無名看傻了眼，叫道：「好功夫！你是何人？」

李滾被他這一聲大嚷嚇得連屁都不敢放，呆站在那兒，半個字都回答不出來。

胡直領隊囁嚅道：「他乃下官麾下的一介小卒……」

木無名不可置信的瞪大雙眼：「有這等事？此人一身好本領，卻只是一名小卒？可見你們這支部隊簡直爛得不像話！」

李滾的長官、同袍也都百思莫解。「這個死胖子分明好吃懶做，怎麼二十幾天不見，就完全變了樣兒？」

木無名走到李滾身前，拍了拍他的肩膀，道：「小兄弟，你叫什麼名字？師承何處？」

李滾想來想去，不知如何作答，一張肥臉紅漲得跟豬肝相似。

木無名不悅道：「有什麼話不能向本官明言？你也未免太敝帚自珍了。」

燕雲煙聞言大為憤怒，飄到木無名面前，大吼：「我燕某人是敝帚？你才是根爛掃把哩！」

李滾見師父也跑來了，膽氣一壯，高聲道：「想問我師父是誰嗎？你們給我聽清楚了，我的師父就是……」

他話還沒說完，一個顫抖的語聲發自另一邊的營帳：「花盛，快來看！是不是那個死胖子？」卻是葉殘的聲音。

李滾暗叫一聲「糟糕」，轉眼瞥見花盛、葉殘兩人蹶著屁股趕來，瞪著大眼把李滾上上下下的看了一回，一起拔出兵刃。「沒錯，就是他！他是『雨劍』蕭湘嵐的徒弟！」

木無名這一驚也非同小可，「嗆」地拔出背上的鬼頭刀，喝道：「此話當眞？」

花盛道：「那日在窯洞裡，我親眼看見他使出『久旱甘霖人間至樂』那一招，還假得了嗎？」

李滾慌張得手足無措，燕雲煙忙在他耳邊道：「別怕，你就說你是我燕某人的徒弟，看他們敢把你怎麼樣？」

李滾暗道：「著哇！師父乃當朝『二品侍衛總管』，可不正是他們的老大？」當即一挺胸脯。「我不是『雨劍』蕭湘嵐的徒弟，乃是『風劍』燕雲煙的徒弟！」

花盛、葉殘怒道：「死胖子，你別胡說八道，你會使『風劍三十七式』嗎？」

「這有何難？」李滾佩刀一展，以刀代劍，頓即風沙翻躍，滿地黃沙都被捲上半空。

木無名沉聲道：「確是『風劍』沒錯！花兄、葉兄，天下人皆知『風雨雙劍』勢不兩立，此人既是『風劍』的徒弟，又怎可能會『雨劍』的招數？兩位兄長未免太信口雌黃了。」

花盛、葉殘呆若木雞，心中嘀咕：「怪事年年有，可沒這個月這麼多。上次見那兔崽子姜小牙既會『風劍』又會『雨劍』，已經是見了鬼了，不料這個死胖子也是兩者兼擅，這究竟是怎麼回事？難道『風雨雙劍』言歸於好，在陰間聯手開起武館道場來了嗎？」

官僚定律

木無名緊盯李滾，點了點頭：「燕總管忠義雙全，人中龍鳳，又是我的頂頭上司，他的徒弟當然必為豪傑之士，可笑你們曹都督全不識貨，竟將他埋沒於行伍之中。」

眾官兵俱皆心忖：「他是高官的徒弟，就了不起了？所謂『官官相護』還真一點都沒錯。」

燕雲煙得意的向李滾道：「看吧，這木無名敢不買我的帳？」

卻見木無名驀地轉身，厲喝：「剛才要把這位李滾兄弟抓住的那個鬍子領隊何在？」

胡直領隊這會兒見情勢不妙，早已嚇得屎尿直流，不得已，硬著頭皮越眾而出：「木總管饒命，小人不知……」

木無名道：「你為何想要抓他治罪？」

胡直道：「他一溜二十幾天不見人影，分明是臨陣脫逃。」

木無名「嗯」了聲：「還有呢？」

胡直呆了呆：「沒有了。」

木無名哼道：「怎會沒有了？這片高原上，除了大明天軍之外，就只有流寇，你想想，他這二十幾天能夠跑到哪裡去？」

眾人還沒搞清楚他的意思，他已身形一晃，鐵掌倏出，早把全無防備的李滚擒在手裡，掄指如風，點住了李滚周身一十八處大穴。

木無名緊接著厲喝道：「此人不但臨陣脫逃，而且顯然是個通敵的奸細！縱然他是燕總管的高足，但我今天也不能因私廢公，壞了國家綱紀。來人哪！先把他五花大綁，嚴密監禁，來日與李闖決戰之時，挖出他的心肝五臟祭旗！」

燕雲煙猛地楞住，眼睜睜的望著李滚被胡直等人拖死豬似的拖向營盤後方，只氣得渾身發抖。

姜小牙眼見情況如此轉變，也是一頭霧水：「這傢伙怎麼搞的？」

紅娘子低聲笑道：「新上任的官兒不是舊任的繼承者，而是舊任的催命符，凡是跟舊任有點關係的，都得打入十八層地獄。這就是官場文化，你懂了吧？」

「不懂。」

「不懂就別懂，懂了也沒什麼好處。」紅娘子一扯姜小牙。「這裡沒什麼好看的，去別的地方探探。」

姜小牙雖和李滚並無深交，但畢竟曾經共過患難，見他身陷險境，不免有些發急。

紅娘子道：「你想救他，等下再找機會。」

姜小牙想想也對，尾隨紅娘子繼續在官軍營盤內亂鑽。

百勝戰將的鬱卒

曹變蛟的心情從沒這麼壞過，雖然前日與李自成一戰大獲全勝，但他心中止不住暗犯嘀咕：「想我曹某人一生經歷多少戰役，勝既勝得光明磊落，敗也敗得心服口服，從無半點投機僥倖。不想那日與闖王大戰，對方竟派出了個邪魔歪道妖女子，用那怪繩索使我在三軍面前丟盡了臉；更糟糕的是，我軍也跑出了個陰陽怪氣的老喇嘛，裝神弄鬼、攪東攪西！若再這般推衍下去，沙場已不再是沙場，倒變成了魔法道人的競技場。」

這日清早起床，先聽得班鳩羅在帳中鬼吼鬼叫的討洗臉水，心下已不痛快，再又見那京城來的「侍衛總管」木無名在那兒作威作福、頤指氣使，更是肝火直冒、怒氣陡升，一掀帳門，走出帳外。

「木總管，請你來一下。」

木無名兀自得意洋洋的步入曹變蛟帳內，但見曹變蛟一張墨炭似的黑臉陰沉得像一片滿蓄靜電、逮著機會就要打雷閃電的烏雲。

木無名一楞，諂笑道：「曹都督，有何見教？」

曹變蛟猛地一拍几案：「見你娘的皮！你是什麼東西？竟敢跑到本軍來大呼小叫，說捉人就捉人？」

木無名強自按下怒氣，冷笑道：「都督雖然善戰，但治軍不嚴，滿朝皆知；下官此番前來，正爲整飭軍紀！」

曹變蛟氣得從座上站起：「我叔父曹文詔盡忠王事，殉國疆場，我曹變蛟自從軍以來，亦無一日懈怠因循。當初被庸臣所讒，連降五級，賴天子聖明，晉我爲左都督，統率萬軍，你這跳樑小丑從何而來，滿嘴胡說八道？」

曹變蛟當日被兵部尚書楊嗣昌論以「滅賊逾期」，功多不賞，反遭貶謫，流寇聲威因而大熾。崇禎皇帝見勢不妙，忙又把曹變蛟加官晉爵，立刻便阻住了李自成等人的燎原之勢。

木無名冷笑道：「看來都督以爲自己聖眷正隆，竟不把旁人放在眼裡，但都督可曾聽過『天威難測』這句話嗎？」

曹變蛟心中一凜，崇禎的多疑善變、刻薄寡恩，是他早已領教過的，此刻聽得木無名如此陰惻暗嚇，暗自忖度：「他這話恐怕不假，連班鳩羅那老禿驢都跑來了，莫非皇帝老兒又對我起了疑心？」思前想後，頓覺氣餒，不知自己這許多年的捨生忘死、殫精竭慮，究竟所爲何來。

木無名見把他鎮住了，愈發進逼：「都督戰功彪炳，為人正直，素為下官敬佩，但若一味知進不知退，專斷獨行，以至貽誤軍國大事，恐怕到時候連國師都保不了你了。」

曹變蛟暗嘆一聲，意興索然的問：「國師到此，卻為何事？」

只聽帳外一陣令人作嘔的乾咳聲，接著就見班鳩羅一步一口濃痰的踱了進來：「當然是為了把李自成那逆賊斬草除根！」

恰正躲在帳外的姜小牙、紅娘子聽得眞切，都暗犯嘀咕：「這個老禿驢口氣這麼大，到底想耍什麼花樣？」

牆與耳朵的關係

姜小牙把耳朵豎得比兔子還尖，凝神細聽帳內言語，忽覺紅娘子扯了他一把，朝左方一呶嘴。

姜小牙扭頭看去，「刀王」花盛、「刀霸」葉殘二人正老鼠般偷摸過來。

紅娘子、姜小牙旋即伏低身形，見他二人趴在帳腳，恨不得把耳朵伸到裡面去似的，顯然也想偷聽機密。

姜小牙暗暗好笑：「有牆就有耳，恰似有雞就有蛋。」

但聞班鳩羅尖銳的嗓音裡透著不滿：「此事本為極端機密，但不知為何，風聲竟走漏了出去……」

木無名生怕他懷疑到自己頭上，忙道：「我也覺得這事透著奇怪，當初燕雲煙奉密旨來此，滿朝文武就只他自己和國師兩人知曉，下官也是事後才聽說。但爲何蕭湘嵐那娘兒們竟會在半路攔截，以至於雙雙斃命？」

紅娘子渾身一震，這才知道「風雨雙劍」已死，忙偏頭望向姜小牙，想向他求證，姜小牙不知該如何回應，只得假作沒看見。

又聽班鳩羅道：「蕭湘嵐既然已死，自不足爲患。怕的是，她在死前曾將這祕密透露給別人，而且，燕雲煙也許……」

木無名道：「剛剛抓起那個胖子，就是爲此。他自稱是燕雲煙的徒弟，說不定也知道一些。」

「除了他，還有誰知道？」

「花盛、葉殘那兩個傢伙老是追問不休，他倆也應該有所聽聞……」

班鳩羅皺眉道：「他們追問什麼？」

木無名道：「他們老想套我的話，『二十三座正中兩座』是什麼意思？」

班鳩羅尖聲嚷嚷：「他倆怎知二十三座墳墓這回事兒？」

姜小牙想著：「前些日子花盛、葉殘二人一直纏著我和李滾，要我們幫他們解什麼字條之謎，原來那所謂的『二十三座』竟是墳墓……但墳墓裡又藏著什麼呢？莫非眞有寶物？」

又聽木無名道：「說不定燕雲煙的屍體上留有字條一類的東西……」

班鳩羅沉聲道：「千萬別讓他倆跑了。先設法把他們穩住，等到晚上再慢慢收拾。」

木無名笑道：「國師放心。昨晚我弄了兩個村姑給他們做伴，現在他倆說不定還在被窩裡樂著呢。」

紅娘子偷偷望去，花盛、葉殘兩人咬牙切齒，葉殘手握刀柄，似已按捺不住，就想衝進帳中和木無名拚命；花盛則按住他的手，連連搖頭，連推帶搡的把他弄離帳邊，悄悄說了幾句話。

葉殘雖仍怒氣難消，但還是乖乖的跟著花盛溜了。

姜小牙心道：「祕密既已打探出來，當然是尋寶要緊。只不知那墳墓裡藏著什麼寶？」

墳墓的機密

又聽木無名在帳內道：「說來說去，還是因爲燕雲煙辦事不牢，才會把事情攪得這麼複雜。」

班鳩羅冷哼道：「我見他武功高強，才將此重任托付給他，沒想到他是個沒腦筋的笨蛋。」

帳內兩人你一言、我一語的把燕雲煙罵了個臭頭，帳外的姜小牙忽覺身後傳來一股陰森寒氣，回頭一看，卻是燕雲煙站在那兒，原本已成鐵青顏色的鬼臉愈發顯得青中透藍。

姜小牙心中念轉：「他為了大明朝廷拚死效命，可算得上是忠臣了，結果反被一些卑鄙小人胡亂誣衊，連徒弟都被當成叛賊抓去，他如果還活著，恐怕也會被活活氣死！」

但聞曹變蛟沉聲道：「『風劍』燕雲煙與我素不相識，但久聞他俠肝義膽，英雄蓋世，決非徒逞口舌之輩。」

班鳩羅、木無名咳嗽連連，一時竟答不上話。姜小牙又轉頭望向燕雲煙，見他總算平和了些，滿臉俱是感激之情。

姜小牙又忖：「英雄還須英雄惜，世上如果只有一個英雄，那可眞是寂寞得很。」

木無名窒了半晌，強聲道：「都督所言不差，但只不過派他來挖兩個墳墓罷了，又不是什麼登天的難事，結果竟搞成這樣，實在……嘿嘿！」

曹變蛟怪問：「到底要挖什麼墳墓？」

帳內又沉默了片刻，才聽木無名言道：「都督也不是外人，便知也無妨——國師洞徹天地玄機，推算出李自成那廝的祖墳風水奇佳，致令李自成氣燄張狂、不可一世，只要把他祖墳的風水給破了，就能讓他一敗塗地。」

曹變蛟不可思議的大叫：「什麼？戰陣勝負竟種因於祖墳風水？這豈不是荒天下之大唐？照如此說，吾等戰將數十載勤讀兵書、苦練武藝，都是白費，早不如改行去當個風水地理師算了！」

班鳩羅冷哼道：「都督畢竟是凡夫俗子，以爲宇宙奧妙盡在人類的掌握之中，豈知吾人猶若滄海一粟、九牛一毛，離眞理大道還差得遠！」

姜小牙暗忖：「話是沒錯，但墳墓風水竟能主導戰場輸贏，未免太胡說八道了一些。」

又聽班鳩羅續道：「都督總知曉四年前高迎祥火燒鳳陽之事吧？」

曹變蛟忍氣道：「那是當然。」

流寇初起時被推尊爲「闖王」的是高迎祥，他在崇禎八年率領當時還稱做「闖將」的李自成、張獻忠等人，一舉攻下鳳陽。

這鳳陽乃大明開國帝王朱元璋的故鄉與祖陵所在地。朱元璋一統天下之後，本想定都於此，大興土木建造皇城，因稅役過重，惹得家鄉父老兄弟群起騷動，不得已而作罷，但此地仍被尊爲「中都」，設留守司，轄八衛一千戶所，並班軍、高墻軍、操軍、護陵新軍，合計六千餘兵力。

不料高迎祥勢若摧枯拉朽，不出三天就把守軍殺得落花流水，然後放起一把大火，將皇陵、龍興寺和公私宅邸二萬二千餘間，燒了個寸草不留。

班鳩羅道：「現下情勢如此大亂，就是因爲天子祖墳、天朝根基被毀之故。如今該咱們以其人之道還治其人之身，教他嘗嘗滅祖滅宗的苦果了！」

金剛大手印

姜小牙暗裡只想捧腹大笑：「毀人墳墓竟比選用良將、練兵備糧還來得重要，看來大明不亡也難，我這流寇倒是當對了。」又忖：「說什麼『以其人之道還治其人之身』，流寇這麼做，朝廷便也這麼做，這朝廷又跟流寇有什麼分別？」

但聞班鳩羅又問：「除了剛才說的那幾個之外，還有誰知道這件事？」

木無名哼道：「蕭湘嵐也冒出了個徒弟，不甚成材，前天夜裡我還和他照過面，被我一頓好殺，夾著尾巴跑了，可惜沒能把他逮住……」

姜小牙、紅娘子在外聽得險些噴笑出聲。

班鳩羅譏刺的冷笑道：「眞是一頓好殺。剛剛看見木總管換了把新刀，我還以爲怎麼了？原來是因爲要殺那不成材的傢伙，把刀都殺斷了。」

姜小牙得意的想道：「老禿驢雖然討厭，倒也是個識貨的行家。」忍不住輕輕掀起帳腳向內望去，木無名一張臉漲得通紅，喉結上下滾動，都快噎死了。

班鳩羅陡發一陣令人胃液湧冒的笑聲：「把人家的刀砍斷了，也就罷了，怎地又跑來偷翻人家的帳棚？」

紅娘子暗叫「不妙」，想要拉著姜小牙開溜，可已來不及。班鳩羅形似枯木，但身手敏捷得有若一片落葉，倏忽間已穿出帳外，右臂一伸，朝姜小牙面門抓來。

紅娘子見他右掌上竟生著七根手指頭，掌心隱隱泛出金屬顏色，矍然出聲大叫：「姜小牙，小心了，他這是『金剛大手印』！」

姜小牙哪懂得什麼大手印大腳印，但覺他來勢詭異，不知如何招架，心中揣想：「他空著一雙手，我本不應該用兵刃欺負他，但實在是……」

心裡七嘀咕八磨蹭，急得紅娘子大嚷：「還不亮寶劍？」

姜小牙被班鳩羅兩三爪就逼得無路可走，終於叫聲：「老光頭，你仔細了！」手腕一翻，「嗆」地拔出皤虹寶劍，頓令剛剛升起的旭日晨曦都相對失色。

班鳩羅眼睛一亮：「好寶劍！」愈發強攻而上。

紅娘子抖出腰間長鞭，照準班鳩羅的禿頂就抽了過去，不料「刀至尊」木無名緊跟著穿帳而出，喝道：「紅娘子，放妳生路妳不走，偏偏要趕來送死，今天可怪不得咱家了。」

鬼頭刀雖不比原來的飛廉鋸齒大砍刀沉重威猛，靈活輕巧卻強勝幾分。單論武功，紅娘子本差他一截，這會兒被他敵住，根本無法向姜小牙伸出援手。

姜小牙不知厲害，振起寶劍就朝班鳩羅猛刺猛殺，一面思忖：「我就不相信你這雙肉掌會比木無名的大刀更結實。」

怎料班鳩羅全不懼劍鋒銳利，單隻右掌依舊不管死活的搶將入來，向上拋起一道弧形，剎那間陰風慘霧大作，肉掌竟爾不見形影，只在迷天昏暗之中透出七點寒星，直朝姜小牙頂門飛蓋而下。

姜小牙兀自心存仁慈，猶豫著是否應該一劍把他的手掌削掉，驟聞燕雲煙的鬼魂在耳邊喝道：「你還在幹什麼？這是密宗『金剛大手印』的殺著——『南天開塔』！」

姜小牙吃癟

密宗聖典有二：《大日經》與《金剛頂經》，尤以《金剛頂經》最爲純正，內載十八會十萬頌。

相傳當日此經藏於南天竺，由「增長女王」所建造的「馱那羯磔迦」鐵塔中。佛滅度後，數百年間無人能開啓此塔，後有一高僧持誦〈大毘盧遮那眞言〉，以白芥子七粒打塔，門乃開，眞經亦得以傳世。

此刻班鳩羅使出的「南天開塔」，便是當年開啓鐵塔的神通，既連鐵塔都打得開，何況凡人的血肉之軀？

濛濛迷霧中七點寒星猶如流螢般閃爍飛竄，看似在左，忽焉在右，全無軌道蹤跡可循。

姜小牙眼花撩亂，胸中頓失對敵的方向與策略，一急之下，長劍亂揮亂舞，好似在驅趕一群沒頭的蒼蠅。

燕雲煙大叫：「不要跟他硬拚……」

一句話沒說完，姜小牙就覺腦海裡一片迷糊，緊接著眼前一昏，恍惚看見一座巍巍鐵塔自混沌初開的天地連接之處緩緩升起，塔頂綠燄閃耀，宛若鬼火。

一瞬間，前世今生、過去未來，渾若走馬燈在姜小牙的心坎上依序行遍，姜小牙既想痛哭，又想狂笑，一股奔赴蒼茫的衝動占據了整副靈魂，直欲捨棄一切，遁入空冥。

但下一刻，手上傳來的一陣劇痛，使得他驀然醒轉，定睛看時，皤虹寶劍已被班鳩羅奪了過去。

姜小牙冷汗直流，暗叫：「好厲害的邪術！幸虧老禿驢志在奪劍，否則這一抓豈不要了我的小命？」大驚之餘，向後躍退十幾步。

另一邊，紅娘子與木無名的拚鬥也已漸落下風，忙朝姜小牙一扭頭，叫聲：「快走！」一抖手，從袖中射出幾枚雞蛋般大的黑丸，逕奔對方面門。

木無名暗罵：「妖女又搗鬼，不要去碰她那些古怪東西。」將身一讓，滿以為躲過就沒事兒了，怎料紅娘子不知用的什麼手法，當先飛來的第一顆黑丸猛地停在半空中，滴溜溜的盡打轉，後面相繼而來的黑丸便一顆接一顆的撞了上去，但聞「劈啪」爆響有若排炮，黑煙亂噴，方圓數丈之內伸手不見五指。

姜小牙縱然心痛寶劍，但被班鳩羅莫測高深的本領嚇破了膽。「再不走，性命難保，我本來也不是什麼武林高手，在這兒硬撐什麼場面，還是還我『姜小兔子』的本色吧！」展開天生「八條腿」的功夫就想開溜。

班鳩羅嘿然冷笑：「你把我當成什麼？」右掌七指一抓，早把姜小牙夾脖夾頸的提起，點住周身穴道，用力朝地下一摔，只摔得姜小牙七葷八素。

木無名緊跟而上，一腳踏住他胸膛，厲喝：「蕭湘嵐那賤婢是你什麼人？」

姜小牙從小到大，不管在別人眼中或在自己眼裡，都不是個硬骨頭、鐵錚錚的漢子，他從不以爲自己會爲了什麼東西而甘願犧牲生命，但此刻聽見木無名出口不遜，亂罵心愛的師父，一股怒火瞬間從心臟蔓燒至全身，最後則由眼中噴向木無名，瞋目大罵：「你敢罵我師父？你是什麼東西？你他奶奶的十八代祖宗都是沒有卵的大公豬！十八代祖母都是沒豬想騎的爛母豬！十八代子孫都是跟你一樣爛的爛小豬！十八代……」

木無名目露兇光：「兔崽子，你找死！」狠力一腳跺在他心窩上。

姜小牙發出一聲絕命悶叫，張嘴狂噴出一標鮮血，隨即昏死過去。

我們一家都不是人

如果你腦袋裡好像有一個鵝毛枕頭破掉了，羽屑輕絮到處飛舞，這只有兩種可能：你喝醉了，或是你已經死掉了。

姜小牙明知自己並不屬於這兩種狀況，但又搞不清楚自己究竟是怎麼了。他一點都不覺得痛，雖然透體冰涼，卻又輕鬆得要命，恍若飄盪在雲霧之中。

姜小牙心想：「這樣眞好！嗯，從來沒有這麼舒服過。」蓬萊仙山、西天極樂都比不上這種境界。「最好一輩子都這麼飄呀飄，飄到外婆橋……」

姜小牙腦中想起什麼，眼前就浮現什麼，而且眞實得簡直觸摸得著。

「飄呀飄，飄到外婆橋，外婆問我好不好……」

姜小牙感覺自己正泛舟湖面，荷花撲鼻香，遠方柳岸深處，外婆慈祥的身影正朝自己招著手。

姜小牙心頭溫馨萬分，急急划動雙槳，向岸邊駛去，然而，愈近愈不對，外婆怎麼這麼胖、這麼醜啊？她眞是我的外婆嗎？她焦急的叫些什麼啊？

「姜小牙！姜小牙！你他媽的眞的死了嗎？」

姜小牙終於緩緩睜開眼睛，這才發現在那兒扯直喉嚨嚷嚷的不是外婆，而是被綑得像隻大粽子的李滾。

姜小牙迴眼一望，發現自己也五花大綁的躺在一座陰暗的營帳內，渾身骨頭似乎都已經斷掉了，大約因爲穴道被封，胸口更是脹悶得難受。

姜小牙沒好氣的哼唧道：「死胖子，吵什麼吵？一天到晚只會吃飽了嚷嚷。」

李滾苦著臉道：「我叫你是好心，你師父叫你你聽不見，害她在我身邊亂轉，弄得我難受！」

「什麼，師父也來了？」姜小牙急忙一扭頭，果然看見蕭湘嵐的鬼魂坐在一邊，臉上果眞有些憂煩的神情。

姜小牙暗道：「師父竟會爲我發急？難道……」心中一陣激動，呆掉了。

又聽燕雲煙的聲音在另一邊冷冷的道：「沒把徒弟的功夫教好，倒將師徒關係攪得這麼複雜，哼哼，蕭湘嵐，妳可眞有一套！」

蕭湘嵐怒道：「我怎地沒教好他？」

「果眞教好了，他又怎麼會被抓？」

「你的徒弟不也被抓了？」

「那是因爲他本來就笨，不像這個兔崽子機伶聰明。」

蕭湘嵐哼道：「你生前貴爲二品武官，怎麼連個徒弟都保不住？」

一句話正中痛處，燕雲煙又氣又惱，跳腳道：「死後方知大明朝廷不仁不義，我燕某人做鬼也跟那些貪官昏君沒完沒了！」

蕭湘嵐冷笑道：「只怕太晚了。」

李滾嘆氣道：「兩位師父還有心情吵架？咱們就快沒命了，以後就沒人替您兩老燒香、燒紙錢了，大家全都完蛋！」

姜小牙輪眼望著大伙兒，那些窯洞內的時光又歷歷浮上心頭，不覺心頭一陣溫暖，笑道：「好不容易大家的立場都一致了，這可不正像除夕夜，全家團圓在一起吃年夜飯？」

燕雲煙神色依然冷峻，眼中卻忍不住閃出一抹笑意：「有這種全都不是人的家庭嗎？」

整人定律

做為兩口即將在大決戰之日祭旗的牲品，日子當然不會好過。

那個胡直領隊無時無刻不來折磨他倆，起初還心存顧忌，生怕把他倆弄死了，但姜小牙、李滾身懷絕世神功，一般的酷刑根本奈何不了他們，胡直把皮鞭、軍棍、烙鐵……全都用上了，他倆依舊大呼小叫、哭父哭母。

胡直暗哼：「這兩個王八的皮可眞厚，總要弄個辦法教他們連哭都哭不出來！」從此鎮日價開動壞心腸，想要找出能把他們修理得慘兮兮的刑罰。

姜小牙見他如此使壞，暗喊不妙，頭幾天還滿心希望那日成功突圍而出的紅娘子，能想個辦法解救自己於絕境，但一天一天的過去，姜小牙的期盼也愈來愈渺茫。

一日清晨，姜小牙正睡得迷迷糊糊，猛可看見紅娘子笑吟吟的向自己招手，便即興奮的大叫：「大姑媽！」

亂吼半日，醒轉過來，可憐只是南柯一夢。

蕭湘嵐正在一旁，酸意衝天的冷笑道：「你就只記得你的大姑媽。你以爲大姑媽會拚著自己的性命來救你？你想得美喲！」

李滾被他吵醒，揉著眼睛道：「你還有大姑媽？眞好福氣！我一家十族就只剩下我一個。」

姜小牙道：「原來你也是個孤兒？」

李滾嘆道：「唉，別提了，七年前一隊官軍經過我老家，把我一家人殺得精光……」

姜小牙怪道：「那你還要當官軍？」

李滾「唉」了一聲：「若非逼不得已，誰想當兵？早知道就不要生而爲人，咱們這年頭，當條豬都來得快活得多。」

姜小牙想起自己家裡的傷心事，也連連搖頭：「這話說得可對，豬都比咱們有尊嚴。」

蕭湘嵐尋思：「他倆眞是一對可憐的小人物，當初挖我們的墳墓實因情勢所逼，怪不得他們；要怪，只能怪這狗啃的時代、狗啃的朝廷！」

燕雲煙一旁也自心忖：「這到底是誰造的孽？若說大明朝廷全無責任，可眞有點說不過去。」想起自己多年在朝爲官，不覺慚愧。

幾個人正唉聲嘆氣、自悲自憐，沒料到還有更慘的跟在後面，那胡直賊笑兮兮的走入帳中，手裡拿著一根細細的棍子：「兩位早啊，我終於想到一個法子了。」

李滾這些天來見他奈何不了自己，便存了個輕敵的念頭，笑道：「看你這狗養的能把老子怎麼樣？」

胡直哼笑連連，走上前來探掌一抓，竟把李滾的褲子脫了。

李滾嚷嚷：「你……你想幹嘛？」

胡直將手中小棍子對準他的肛門，一邊笑道：「我想通了，武林高手都有『罩門』，我猜你的『罩門』就在這裡！」一虎子把棍棒戳入李滾肥肉團團的大屁股，痛得李滾差點把喉結都嚷到口腔外面。

姜小牙見狀，心中擂鼓。「這可找到要害了！不料我『姜小兔子』今日竟眞的要變成兔子了！」

胡直把李滾作弄了一回，已知這辦法管用，得意的不得了，又把棍子舉在眼前，走向姜小牙：「你也來試試吧！」

蕭湘嵐的鬼魂早氣得把臉轉向旁邊，一面大叫：「下賤！卑鄙！」燕雲煙也只有搔腦袋的分兒。

姜小牙強笑道：「胡大爺，我是個正常的男人，不作興搞這套……」

胡直哪管這麼多，伸手就要脫姜小牙的褲子，帳門一掀，班鳩羅乾瘪的頭顱探了進來，殺雞似的說：「胡領隊，你出來一下。」

胡直一楞之後，欣喜若狂。「國師居然也知道我這個人？這下可要升官了！」趕緊奔了出去。

只聽兩人在外頭嘰嘰嘟嘟了半天，接著「咕咚」一聲。姜小牙心忖：「老禿驢一來，恐怕整人的方法更不堪了！」心頭立起生不如死之喟嘆。

過了半晌，才見胡直踱入帳中，意味深長的擠著眼睛，把姜小牙上下一瞟，笑道：「今天放你一馬，來日有更好的方法款待於你。」言畢踅出帳外，竟不回頭。

燕雲煙、蕭湘嵐一面爲姜小牙感到慶幸，一面又忐忑不安。「他又想出了什麼鬼法子？」

姜小牙心胸豁達，反而苦笑著安慰他倆：「唉，兩位師父，看開了不就是這麼回事？反正遲早要被拿去祭旗，管他怎麼修理我？」

活口祭旗

說也奇怪，從那天開始，胡直就不再找他們的麻煩，反而每日送些好吃好喝的東西進來。

姜小牙忍不住問他：「你到底想怎麼樣？」

胡直嘻嘻一笑：「豬要養肥了才能宰啊。否則，用兩頭瘦巴巴的牲口去祭旗，這仗怎麼打得贏？」

李滾本愛吃，當然不管其他，先餵飽了再說；姜小牙也是副樂天知命的性格，反正生路已斷，沒咒可唸，況且私心裡還有一個想頭：「師父是鬼，我也不如去當個鬼，說不定反而能夠成爲良緣美眷哩！」愈發不想活命。

十餘日後的某個清晨，胡直拿著兩條長鐵鍊走了進來：「時候到了，今日和李闖決戰，你們準備挨刀吧。」將鐵鍊套上他倆的脖子，牽到帳外。

大軍已集結在營盤前方，旌旗如林，刀戈耀日，戰鼓擂出心臟跳動的韻律，號角吹響血液的聲音。正中央的高崗之上，立著一面「曹」字帥旗，下首站著四名精赤上身、倒握鬼頭刀的壯漢。

胡直呶了呶嘴，笑道：「那兒就是你倆的喪命之處，快看清楚了，七七四十九日之內，你們隨時都可以回來痛哭一場。」

姜小牙、李滾一步慢一步的登上高崗，向前一望，對面山頭上「闖王」的旗號迎風飄揚，山腳下密密麻麻的闖軍騎兵步卒正不知有多少。

李滾低聲道：「可不可以叫你的主子快點殺過來救咱們？」

姜小牙呸了一口：「你不是官兵嗎？現在反而要強盜救你了。」

李滾喪氣的道：「什麼官兵強盜，還不都是同樣的貨？」

胡直牽豬公似的把他們牽到大旗底下，用力一踢兩人膝蓋：「跪下吧！」

大旗左邊是主帥營帳，曹變蛟黑衣黑甲，居中而立，班鳩羅、木無名則隱在角落暗影裡，嘀嘀咕咕的不知說些什麼。

曹變蛟手臂一舉，四名大漢圍攏過來，其中兩個死命按下姜小牙、李滾的腦袋，另外兩個則高舉大刀，眼望主帥，只待令下。

戰鼓愈發雷動，官軍齊聲吶喊，對面山頭的流寇陣營也發出攝人心肺的呼嘯之聲。

姜小牙、李滾緊緊閉起雙眼，縮著脖子等待最後一刻的來臨。

燕雲煙、蕭湘嵐的鬼魂站在一旁，默默祝禱：「雖然是兩個毀人屍體的賊，但總算咱們師徒一場，你們好好的去吧，黃泉路上若能相逢，再跟你們算帳！」

蕭湘嵐的心裡是否別有想頭，自然誰都不曉得，姜小牙偶一偷眼看她，只見她一雙如水秋瞳微微紅腫，竟似暗暗哭過幾回。

姜小牙胸中一陣激盪。「師父，等等我吧，我馬上就來了。」

如雷戰鼓截然歇止，一刹那間，死寂得連繡花針落地都聽得見，敵我雙方所有人的眼睛都望著曹變蛟高舉的手臂。就在曹變蛟的手微微一動，就要往下落的時候，忽聽一人高叫：「都督，請慢！」

姜小牙、李滾一楞，睜眼看去，見那發話之人竟是胡直領隊。

姜小牙暗罵：「我倆就要死了，這個惡賊還想弄出些什麼鬼花樣來整咱們？」

胡直走入大帳，低聲向班鳩羅嘀咕了一大串話，老喇嘛臉上笑意盎然，一邊聽一邊點頭。

姜小牙、李滾暗叫「苦也」。「這下慘了！死也不讓我們死得舒服一點！」

風劍「墨雷」

胡直向班鳩羅稟告完畢，老喇嘛當即解下腰間得自姜小牙的皤虹寶劍，交付予他。

胡直翹鼻子、搖尾巴，神氣活現的走了回來，站到姜小牙、李滾身後，「嗆」地拔出寶劍，高叫：「對面鼠輩聽著，此乃你們大王李自成的劍術師傅——『雨劍』蕭湘嵐打遍天下無敵手的寶劍，我如今就用它來斬殺蕭湘嵐的徒弟，看那蕭湘嵐英雌蓋世，又能奈我何？」

蕭湘嵐氣得渾身發抖，怒罵：「卑鄙小人！我若還有命在，定把你剁成肉醬！」

官軍歡呼不已，流寇鴉雀無聲，胡直卻沒來由的發出一響既嬌又俏的嘻笑，皤虹寶劍掄動如風，早將那四名壯漢攔腰砍作八段。

姜小牙一聽那笑聲，心中便已恍然，喜極狂呼：「大姑媽！我就知道妳不會丟下我不管！」

這「胡直」果然是紅娘子喬裝改扮。

那日胡直用齷齪的法子整得李滾死去活來，正要繼續修理姜小牙，忽被班鳩羅叫住，他還以為自己深受國師賞識，樂得不得了，哪知這「國師」是精通易容之術的紅娘子，一將他騙出帳外，就把他的腦袋剁了——姜小牙等人在帳內聽到的「咕咚」一聲，便是他人頭落地的聲音。

紅娘子生性頑皮，又假扮成胡直的模樣，繼續嚇唬姜小牙，當然最主要的目的，還是為了從班鳩羅那兒騙回無價之寶——皤虹寶劍。

眾人還未從場中突然的變化裡驚醒過來，紅娘子指出如風，早解開了姜小牙、李滾的穴道，喝聲：「自己鬆綁吧！」

姜小牙、李滾身懷絕技，再粗的繩子也不過如同幾條蚯蚓，肩臂使勁，身上的五花大綁斷裂成五千小截。

木無名倏然回神，鵰鵬般飛撲而上，鬼頭刀直劈姜小牙頂門。

姜小牙虎跳起身，紅娘子恰好把寶劍拋了過來，一接接個正著，順勢一招「春潮帶雨野渡舟橫」，毛毛雨點登即罩滿天地之間的每一個縫隙。

木無名才暗喊了聲「不妙」，手掌微微一震，鬼頭刀早已被削成了十幾片。

紅娘子笑道：「喲！木無名，這回又端來了盤『鬼頭大豆腐』，你的烹飪手藝可眞令我們女子慚愧。」

木無名氣了個半死，終究不敢上前。

對面山腳下的流寇兵卒，一見紅娘子現形，不須號令，萬軍齊發，原來李自成早已得到紅娘子的回報，約定了發動攻擊的信號。

曹變蛟顧不得大旗底下那幾個江湖人的廝殺，忙提起雙鎗，奔出大帳，指揮六軍迎敵。

紅娘子笑道：「大功告成，快走！」

但聞班鳩羅嘰喳怪笑：「哪有這麼容易？小命和寶劍都給我留下！」身形騰挪，已至姜小牙頭頂，七指怪手在迷霧中灑出七點寒星，兜頭罩落，又是那記無上殺著——「南天開塔」。

姜小牙領教過這招的厲害，但依然無解，落了個束手待斃的局面。

又見一條人影橫過空中：「胖子，接劍！」

李滾只覺眼前一花，一柄極其沉重的闊背大劍已然送入自己手裡。

燕雲煙脫口大嚷：「我的墨雷寶劍！」

風雨合璧．天下無敵

蕭湘嵐見那條人影好生熟悉，又是上次把皤虹送給姜小牙之人，心中直感奇怪：「怎麼雙劍都在他手裡？」已然無暇細思，大叫：「死胖子，攻那老禿驢後背！」

李滾慌忙拔劍出鞘，卻像是一截生了鏽的黑鐵，半點光芒也無，不禁大爲失望，喃喃道：「什麼鳥寶劍？乞丐用的打狗棒都比這強得多，」

紅娘子喝道：「還發什麼楞？」

李滾趕忙展動寶劍，「風起雲湧」向老喇嘛身後砍去。

班鳩羅正要一擊得手，忽覺腦後狂風大作，竟似龍捲風對準自己的頭顱吹來，暗自心驚：「世上有這麼霸道的劍法？」來不及取姜小牙性命，半空中扭腰偏身，一掌反切李滾腋下。

李滾打從開始修習「風劍三十七式」，一直都是用解手尖刀，練來練去，根本無法了解「風劍」的精髓與威力何在，此刻墨雷在手，一劍揮出，感覺完全不同，樂得大叫：

「原來這才是『風劍』！果然不同凡響！」

往日所學在胸中輪轉，「風劍」招數猶若大風颳起，一發不能停息；再者，他身軀滾胖，走路帶風，本是「風劍」的最佳傳人，此刻胖人加上大劍，威力更是倍增。

燕雲煙站在一旁竟也看得驚心動魄：「他火候雖還不夠，但先天的條件正適合這路劍法，早知『風劍』的威力要這樣才能發揮得淋漓盡致，我早該把自己養成大胖子！」

另一邊的姜小牙緩過手來，皤虹寶劍抖起漫天雨珠，「紅樓春雨萬里雁飛」灑向班鳩羅必救之處。

班鳩羅正自全神敵對李滾的「風劍」，不料背後「雨劍」又到，縱令他一身軟硬功夫、魔法邪術，也被這一大一小、一重一輕、一暗一明、一長一短的兩柄寶劍，前後夾攻得手忙腳亂。

紅娘子拍手笑道：「老禿驢，你可眞有福氣，『風雨雙劍』一向勢不兩立，只有互相敵對的分兒，怎可能聯手出擊？你今天可算是被『風雨雙劍』合璧修理的天下第一人！」

燕雲煙、蕭湘嵐眼見這幕生前想都想不到的絕世奇特景象，心中同發感嘆：「當初江湖人稱『風狂雨驟，天地世仇，風雨雙劍，不死不休』，如今看來，根本大錯特錯，應該是『風狂雨驟，同舟共濟，風雨合璧，天下無敵』才對！」

紅娘子旁觀者清，心知姜小牙、李滾二人雖懷絕技，但火候並不夠，久戰班鳩羅決非敵手，不如見好就收，抖手扔出幾顆黑丸，一面叫道：「不要戀戰，咱們走！」

班鳩羅上次被她那招「蓮華盛開」的臭彈給嚇怕了，不敢硬接，朝旁閃躲，姜小牙、李滾逮著機會，雙雙夾著尾巴奔下高崗。

紅娘子又一連發出十幾粒煙霧黑丸，炸得大帳前黑煙瀰漫，這才跟隨二人而來。

姜小牙一邊跑，一邊向李滾笑道：「怎麼著，官軍不想當，要當流寇了是不是？」

李滾搔了搔胖腦袋，還未及答言，緊緊「飄」在一旁的燕雲煙已先自冷哼：「別說他，連我都要當流寇去啦！」

答謝的方法

姜小牙沉吟片刻：「現在我們，呃，四個人都到齊了，我們趕快離開這裡，官軍、流寇的廝殺反正不干我們的事。」

李滾道：「那日我們兩個一起離開窯洞，我就想跟你這麼說的，但是好多天沒吃過一頓像樣的飯菜，所以想先回官軍那兒吃幾頓再說，不料差點被他們當成豬，宰了！」

燕雲煙卻忽道：「你們先去找個安全的地方躲好，我還要留在這裡。」

姜、李齊聲詫問：「為什麼？」

「我要找到那個送還寶劍的人。」
蕭湘嵐也說：「沒錯，我也要找他。」
「你們找他幹什麼？」
「武林中人恩怨分明，他有還劍之恩，我們理當對他致上謝忱。」
姜小牙唉道：「你們跑去謝謝他，他又聽不見，有啥用？」
「所以……」蕭湘嵐、燕雲煙瞪著他倆。「你們最起碼要留下一個幫我們轉達謝意。」
眼見兩人猶豫不決，疊聲催促：「誰走，誰留？快做決定。」
李滾哆嗦：「我才不要一個人走，這裡到處都是官軍與強盜，太可怕了！」
「好吧，那你留下？」
李滾依然哆嗦：「我才不要一個人留下，太可怕了！」

曹變蛟拚命

當曹變蛟手挺雙鎗，如同箭頭突出於己方的騎兵馬隊，筆直衝向流寇陣營之時，心中其實充滿了憤怒與無奈。
「朝廷不思正途，一味邪行歪道，竟想以毀人祖墳為勝，我輩武將還有何用？今日若不能憑眞本領陣斬李自成於馬下，甘願被對方萬箭攢心，搏個馬革裹屍、戰死沙場的千秋英名！」

這位黑衣黑甲黑旗黑馬，祖孫三代俱爲沙場猛將的「大明戰神」，一旦拚起命來，眞個是連山都擋不住。

他一團烏雲也似的滾入對方陣中，擺動雙鎗，猶若初判鴻濛的盤古之斧，頃刻間殺出一條血路，直奔敵陣中軍。手下士卒眼見主帥如此拚命，都立即受到了感染，個個奮勇爭先，一十二員偏將更跟定曹變蛟，逕撲李自成而來。

戰陣勝負往往取決於一鼓作氣，趁對方陣腳未穩，精銳盡出直搗中堅，常能一擊奏功；主帥輕出，本非兵之常理，但此刻曹變蛟已存必死之心，直想與闖王拚個同歸於盡，其勢當然更加銳不可當。

左翼的李過和右翼的劉宗敏回救不及，早被曹變蛟突破防線。

李自成見紅娘子尚未趕回，中軍陣內只剩「中州大俠」李巖一員上將，又因上次慘敗過一回，當然心虛毛躁，大叫：「怎麼搞的？都是些飯桶！」

李巖倒是氣定神閒，掣弓拔箭，一連射翻了曹變蛟身後四員偏將。不料曹變蛟視若無睹，依舊猛撲敵軍主帥。

李自成這下可擋不住了，見好便攻、不妙便溜的流寇老毛病又犯將起來，撥轉馬頭奔下山崗。

曹變蛟反正盯上了他，不管他往哪兒跑，硬是緊咬不放。

李自成慌不擇路，忽見前面山谷之間有條岔道，忙把馬頭一拐，奔了進去，不想竟是條絕路，待要回頭，追兵馬蹄之聲已至谷外。

李自成躍身下馬，手腳並用的向山崖上攀爬，但谷壁陡峭，草木不生，爬了半天，也沒爬幾丈高，只聽得曹變蛟的聲音冷冷嘿道：「李闖，你還想爬到哪裡去？」

李自成向下一望，曹變蛟與六名偏將已趕到山崖底下，只消一箭就能把自己射個透穿。

李自成暗叫「罷了」，臉上仍嘻笑自若：「這裡太高了，你上來把我揹下去吧。」

曹變蛟冷笑道：「闖王啊闖王，你號稱橫掃天下，奈何今日擺出這副無賴嘴臉？」

李自成笑道：「我本來就是無賴，今天不過還我本色罷了。」

曹變蛟哼道：「原來你也知道自己是個什麼東西，那你爲何竟敢擅自稱『王』，搗亂天下？」

李自成聽他出此侮蔑之言，瞬即收起嘻皮笑臉，一雙鷹眼閃出綠光，嗓音也變得如同豺狼咆哮：「曹都督，你這話可就不對了。我李某人清楚得很，自己並非什麼霸才明主，也從沒想過僭竊帝位、登基大寶。我之所以起兵反抗朝廷，不爲別的，只因天下百姓的生活，十有八九連個最基本的人類的樣子都沒有！你如果還有點良心，不妨仔細想想，坐在北京城裡的那些連白癡都不如的朱家子孫，爲何竟把一片錦繡江山搞成了羅刹屠場？」

天下第一高手

曹變蛟心頭一凜，默然不語。

李自成緩緩站起身來，立於絕崖之上，陽光在他頭頂灑出一輪光暈：「曹變蛟，我看你像是個人，才跟你說這些話，否則我連屁都懶得跟你放。我今日落在你手中，決不心存僥倖，我李某人一非星宿下凡，二非眞命天子，死了不過就像死了一條狗；但你可要記住，天下人是殺不光的，今天少我一個李自成，明天會生出更多個李自成，我倒要看看你這『大明戰神』有何能耐應付得了？」

曹變蛟目中精芒閃動，終究不發一語，他身後的兩名偏將可不耐煩了，喝道：「大膽反賊！還廢話些什麼？納命來！」

兩人跳下馬背，一左一右，衝上岩壁，直取李自成項上頭顱。

李自成凝立不動，早已無視生死，忽見一條不知從何而來的人影一閃，那兩名偏將就如兩團肉球，骨碌碌的滾下山崗。

曹變蛟定睛看時，來人年約三十七、八，體軀修長，面容略顯憔悴，眉目之間隱有一抹憂鬱之氣，乍看之下，頗有點像是個正在絞盡腦汁編綴佳句的詩人。

曹變蛟脫口驚呼：「『天抓』霍鷹？」

霍鷹淡淡一笑：「曹都督，別來無恙？」

排名天下第一高手的霍鷹，常人若僅用眼睛來看，是根本看不出什麼道理的，正如此刻那兩名被他摔了個大觔斗的偏將爬起身來，左打量右瞄覷，說什麼也不服氣，心想：「啥麻天抓狗爪，我老娘的金龍五爪都比他強得多，剛才他只是運氣好罷了。」

兩人互遞一下眼色，一個使動長槍，一個耍弄大刀，再度衝上山坡。

曹變蛟喝阻：「你們想幹什麼？不要命了是不是？」但已來不及了。

霍鷹微一皺眉，全身上下並沒有任何動作，大家卻覺得太陽的光燄驟然強了十倍不止。

那是因為天上多了個東西。

多了個比太陽還要燦爛奪目、超乎人類經驗之外的物事！

天抓！

當精鋼鍊就的「擒龍飛抓」遨翔於空中之際，人間所有的美麗、光榮、哀愁或心波震顫，都渺小得如同螞蟻的糞便。

那兩名偏將僅只抬頭一看，當即目眩神搖，猶若墮入了六度空間之中，頭重腳輕，五臟掉進了鼠蹊部、尿道直通喉管似的，再也立不住腳，「咕咚咚」的倒跌而下。

另外四名偏將眼見這一幕，膽戰心驚，不敢移動分毫。

不料曹變蛟哈哈大笑：「恩公的身手真是愈來愈驚人了。」

霍鷹微一欠身：「不敢。都督過獎了。」

偏將們止不住暗犯嘀咕：「怎麼都督竟稱呼他為『恩公』？他倆有何關係？」

縱虎歸山華容道

曹變蛟一躍下馬，跪倒在地，對著霍鷹一連拜了三大拜。

六名偏將愈發驚得目瞪口呆。

霍鷹一眨眼便來到曹變蛟面前，伸手一托，將他托起：「小兄弟，不須如此。你乃朝廷命官，在下只是一介草民，當不起這等大禮。」

曹變蛟一把抓住霍鷹雙手，激動得虎目含淚：「當年若非大哥拔刀相助，小弟焉有今日？」

原來十三年前，曹變蛟還只是個都指揮，奉命率領一支百名兵卒的小部隊，前往圍勦「伏牛十八寨」的響馬盜賊，卻被困在山中，部屬死傷殆盡，自己也危在旦夕。幸虧當時雲遊四方，一心尋找師弟燕雲煙回家與蕭湘嵐成親的霍鷹，路過當地，一眼看出曹變蛟的英雄氣魄，當即起了惺惺相惜之念，使動天下無人能擋的「擒龍飛抓」，一夜之間盡屠響馬三百六十五名。

曹變蛟心中之感激可想而知，往後日夜思念，但再也沒能見到霍鷹一面，不料如今在此重逢。

兩人敘舊完畢，曹變蛟忽一變色：「大哥，我一向敬你英雄蓋世，奈何今日竟替李自成這逆賊撐腰？」

霍鷹搖頭嘆道：「賢弟，李自成與我素無淵源，我並不是要為他強出頭，但『大明』病入膏肓，已無救藥，放眼天下，除了闖王還有所作為、能解蒼生於倒懸之外，已別無他法可想。」

曹變蛟心中一震。「連霍大哥都如此維護李自成，難道天下氣數該當如此嗎？」腦海裡一片茫然，不知人間的是非對錯，是否如同以往自己所認知的那麼簡單。

心下正自躊躇，忽聞谷外快馬如雷，一隊騎兵狂奔而入，正是曹變蛟手下最精銳的亢金龍隊，領隊高叫：「都督，敵軍已攻破我軍人寨了！」

曹變蛟大驚失色。「怎會如此？」

「都督輕騎遄出，無人號令，賊將李巖乘虛率軍攻來，諸將無法抵禦，紛紛潰退！」

曹變蛟怒喝：「都是些酒囊飯袋！」略一沉吟，眼光掃向山壁上的李自成。

霍鷹心頭一緊。「他若想反敗為勝，只有擒住闖王一途。如果他真要硬來，我可怎麼辦呢？」

霍鷹環視亢金龍上百名精通箭術的驍騎勇士，胸中早有評估，僅只自己一人，或戰或退，都不是問題，但若還要護住李自成的性命，可就有點困難了；更何況，他雖不滿大明朝廷，卻不想妄殺任何一個同樣出身庶民階層的官軍兵卒。

曹變蛟面色變幻不定，似仍拿不定主意；亢金龍的領隊偶然往山壁上一瞟，立即呆了呆，嚷嚷：「那人不就是李自成嗎？」

眾兵卒也都譁然。「抓住他，我們就大功告成了！」

曹變蛟剎那間心意已定，猛一咬牙，喝道：「胡說什麼？那兩人都是世居此地的莊稼漢！」把手一揮，率眾回頭，一面朝霍鷹叫道：「大哥，你我各爲其主，是非公道，留待日後討教。」

六名偏將已知主帥心意，默默不語，隨同百騎駿馬如飛而去。

李自成摸了摸腦袋，暗自慶幸又逃過一劫，轉身向霍鷹唱了個大喏：「多謝壯士相救。」

霍鷹嘆道：「今日恰似華容道上關羽義釋曹孟德，曹變蛟果是豪傑，但盼闖王不負天下重望才是！」

原來是你！

紅娘子帶著姜小牙、李滾趕來救援的時候，霍鷹和李自成已好整以暇的坐在山腳下乘涼。

紅娘子邊跑邊叫：「主公，我軍大獲全勝，我家相公已率領全軍火燒官軍的屁股去啦！」

李自成嘿嘿一笑：「李巖眞乃帥才也。」

他這話中隱含嫉妒之意，紅娘子冰雪聰明，本該聽得出來，但因她緊接著下一眼正望見霍鷹，整個人都驚得呆住了，訥訥道：「霍……霍大哥，眞的是你嗎？」

霍鷹再怎樣胸中積鬱難解，見到她仍止不住粲然一笑：「紅娘子，好久不見了。」

紅娘子猛個縱身一跳，跳到霍鷹身邊，像個小女孩似的攀住他臂膀不放：「江湖中人都說你已死了，我就是一百個不相信！『天抓』霍鷹是何等人物，對不對？」

姜小牙眼看紅娘子又蹦又跳、聒噪不休的模樣，暗自好笑：「大姑媽時而好像八十歲的老太婆，時而又像十八歲的小姑娘，簡直有點神經兮兮！」繼而又忖：「今天可好運氣，能夠親眼看見『天下第一高手』的模樣，竟然這等斯文，眞出乎我意料之外。」兩眼直盯著霍鷹，渾然忘卻身之所在。

霍鷹被紅娘子毛手毛腳的騷擾了好一陣，沒轍兒的笑罵道：「不要亂摸，也不怕妳的李相公吃醋？」

紅娘子笑道：「我家相公想見你一面，都想得快要死掉啦！你今天一定要跟我走。」

霍鷹轉眼望向姜小牙、李滾兩人，正色道：「等等，我有事情要問這兩位小兄弟。」

姜、李二人只一見他眼中神光燦耀，不由自主的乖乖走到他面前，垂手肅立。

霍鷹擺手道：「毋須如此，我只是心中疑問難解。我霍鷹自幼伶仃，燕雲煙、蕭湘嵐二人可謂是我的至親，兩人的習性與經歷，我當然清楚得很──他倆根本沒收過徒弟。因此我不得不請問二位，你們的功夫究竟是怎麼學來的？」

姜小牙、李滾搔頭不已，煞費思量，可就不知要如何回答他，只有相互大眼瞪小眼的分兒，燕雲煙、蕭湘嵐的鬼魂倏地出現在身旁，一個高叫：「大師兄！」一個若泣若訴：「霍大哥……」

可惜霍鷹根本聽不見。

姜小牙爲難道：「兩位師父，總該到了實話實說的時候了吧？」

紅娘子笑道：「你又叫師父？你這個人眞是病得厲害，一天到晚對著空氣叫師父。」

姜小牙七想八想，仍不知應該如何開口，小心翼翼的道：「霍大俠，敬請節哀順變，您的那兩位至親──『風雨雙劍』，早就已經……已經死掉了……」

紅娘子那日雖已在大帳外偷聽到班鳩羅和木無名談及燕雲煙、蕭湘嵐俱已身亡，她可一直半信半疑，此刻聽得姜小牙親口招認，仍止不住驚呼出聲。

霍鷹不見絲毫情緒波動，但只神色慘黯：「這我早就知道了。他們兩個的屍體都是我親手埋的。可恨我來遲了一步，竟無法阻止他倆的生死搏殺。」

姜小牙等人至此恍然。「原來你就是那個把墨雷、皤虹寶劍送給我們的人。」

姑娘心思誰人知

霍鷹目注姜小牙：「你剛才想說什麼『實話』？」

姜小牙囁嚅道：「其實聽起來很像鬼話……我和李滾的武功正是兩位師父的鬼魂所教的……」

霍鷹、紅娘子面面相覷，李自成在旁也大笑一聲：「姜兄弟，你可眞會掰。」

姜小牙發急道：「小人決不打誑語，兩位師父的鬼魂現在就在這裡，只可惜你們看不見也聽不見。」

李自成道：「那你倆怎麼看得見、聽得見，還能跟他們學功夫呢？」

姜小牙紅著臉道：「因爲我們是欠債的，他們是討債的。」細細把偷盜屍體的情節說了一遍，又代替燕、蕭二人，向霍鷹謝過還劍之恩。

眾人聽呆了半晌，紅娘子才搖搖頭笑道：「我雖是白蓮教主，可也沒碰過這等怪事。不過我倒相信你所說的每一句話，怪不得你沒事就亂叫師父。」

霍鷹皺眉道：「子不語怪力亂神，我可從不信什麼鬼神之說。」頓了頓，忽又左看看、右瞟瞟，壓低著嗓門問道：「他們說話我聽不見，我說話他們可聽得見？」

姜小牙點頭道：「一字一句都聽得清楚得很。」

霍鷹搔搔腦袋，拉高聲音叫道：「賢弟賢妹，紅塵路難行，你倆在陰間可好嗎？」

燕雲煙、蕭湘嵐齊答：「一點都不好！」

霍鷹雖聽不見，卻似心有感應，慨嘆道：「兩位誤會恁深，竟搞到今天這種地步，眞是陰錯陽差，不値之至。」

紅娘子也裝模做樣的向四周虛空亂看，一邊笑道：「蕭妹妹，我可要說句公道話——是妳不對！既然妳么弟不成材，就該好好管教，怎地如此護短，竟和燕大哥鬧翻了臉，還非要拚得同歸於盡不可？」

燕雲煙聽她如此說，十分高興的點頭同意；蕭湘嵐厲叫道：「紅娘子，妳懂什麼？」

霍鷹搖了搖頭道：「紅娘子，妳錯了，事情並非如此。蕭湘嵐么弟不肖，她自己當然知曉，就算燕雲煙後來失手殺了他，也不至於結下不死不休的樑子。」

紅娘子一楞，怪問：「那是爲何？」

霍鷹嘆道：「怪只怪我當時年輕懵懂，全不明白姑娘家的心事。紅娘子，妳也是個女人，不妨仔細想想，燕雲煙英俊倜儻、本領高強，又系出名門，哪個姑娘能不愛他？但他因我的緣故，把蕭姑娘讓給了我，隻身獨走天涯……」

李自成猛一拍手：「這才是重義氣的英雄好漢！」

霍鷹失笑道：「闖王，你用的是男人看事情的角度，卻和我那時一般，根本不懂女兒心。」

樂透！姜小牙！

紅娘子猛然憬悟，叫聲：「我懂了！蕭湘嵐就是氣那燕雲煙把自己像個皮球一樣的踢來踢去、讓來讓去！」

霍鷹道：「可不如此？蕭湘嵐對我，充其量不過是敬佩而已，哪有什麼男女之情？她眞正喜歡的是燕雲煙，更糟糕的是，她也知燕雲煙喜歡她，但偏偏燕雲煙就要爲了兄弟的義氣，壓抑自己心中的情感。她能不由愛轉恨嗎？」

燕雲煙一旁聽得恰似五雷轟頂，震呆了半日，方才想道：「眞是這樣嗎？」扭頭朝蕭湘嵐看去，只見她玉臉通紅，猛地背轉過身。

燕雲煙猛拍一下腦袋。「燕雲煙，你眞是個笨蛋！當初因爲每次看見她，她都擺出一副冰冰冷冷、要死不活的嘴臉，我才起了非要和她槓個我對妳錯之心，豈知她眞正的想法，竟是……」

燕雲煙癡癡的盯著蕭湘嵐盡瞧，蕭湘嵐立即鎭定住情緒，「咻」地一下飄到姜小牙身邊，挽住了他的臂膀：「那些都已經是過去的事了，沒什麼好說的。其實，不管是你或者霍大哥，都比不上我的徒弟這麼愛我。女人別無所求，只是需要有人關心她罷了。」

姜小牙簡直一陣天旋地轉，險些昏倒，口中大叫：「師父！妳……妳竟明白我的心？」

燕雲煙暗嘆一聲，心忖：「剛剛解掉了霍大哥這個結，又冒出了個姜小牙！我和蕭姑娘眞沒緣分。」

姜小牙還沒樂完呢，卻聽蕭湘嵐在他耳邊冷冷的道：「你少自作多情，我是故意氣他的。」兜頭一盆冷水澆得他呆若木雞。

李滾悄聲對兩條鬼魂說：「剛才已經替你們答謝過了，我們可以走了吧？」他到底不願意跟流寇混在一起。

燕雲煙想了想：「且聽霍大哥做何打算，我們幫他幫到底。」

李滾無奈：「你們這些武林人眞麻煩。」

但聞霍鷹道：「男男女女，恩怨情仇，都別提了。如今首要之務，該是如何拒退官軍。」

紅娘子道：「他們今天慘敗一場，往後必不在戰場上求勝，一定會用班鳩羅那禿驢的法子……」

「什麼法子？」

「挖破闖王祖墳的風水！」

眾人俱皆一驚，但只李自成一人莫名其妙的搵著頭皮：「我的祖父、父親死了，就只隨便找塊能讓屍體躺得直挺的空地，亂葬一下而已，哪有什麼風水可言？」

紅娘子笑道：「風水一事，卻是無心插柳居多，刻意尋找反而不濟。你祖墳的風水是否瞎貓碰到死老鼠，暫且不提，我只知班鳩羅來此的主要目的，就只為此。」

眾人紛紛怒罵：「正路不走，專行邪道，大明不亡也難！」

霍鷹略一沉吟：「餘人皆不足慮，只是班鳩羅的『金剛大手印』難以對付。」

紅娘子驚道：「連霍大哥也鬥不過他？」

「不瞞妳說，實無把握。尤其那無上殺著——『南天開塔』，端的是詭厲至極！」

眾人相對傻眼。「卻要怎處？」

霍鷹輪眼掃視姜小牙、李滾二人：「剛才陣前與班鳩羅一戰，倒是給了我一些靈感……」

紅娘子拍手笑道：「風雨合璧，天下無敵？」
「沒錯。」霍鷹點點頭道。「除此之外，我還有更好的法子。」

死要錢

「刀王」花盛、「刀霸」葉殘兩人就像兩個接生婆，滿懷希望、小心翼翼的挖開了「鴇子坡」後的每一座墳墓，連個稍微有點價值的東西都沒找著。
花盛頹喪的坐在地下：「我們那天到底有沒有聽錯？班鳩羅明明說寶物藏在墳墓內……」
葉殘檢視著平放在面前，由墳塚裡挖掘出來的物事：「除了那二十三堆死人骨頭之外，還有些什麼？破布十五片、破鞋子二十一隻、沒爛掉的碎肉七塊、爛鋤頭柄四根、鏽鐮刀十一把……只有這兩件東西比較特別，而且都是從正中央的那兩座墳墓裡挖出來的。」
葉殘所指的是，一隻土陶做的黑碗，和一條正在冬眠、被人驚醒後十分不高興蠕動著身軀的小白蛇。
花盛哼道：「燕雲煙屍身上的字條確實寫著『黑碗白蛇』沒錯，但這碗和這蛇有個屁用啊？」

說著說著，一人拿起黑碗，一人抓起白蛇，想把它們看透似的，眼珠子都瞪得突了出來。「你們究竟有何寶貴？快說啊，你奶奶的熊！」

背後的黑暗中悄悄出現一條人影，冷笑道：「兩位收穫如何？」

花盛、葉殘只一聽那聲音，瞬即惡向膽邊生，一股直欲嘔吐的感覺直鑽喉頭。「木無名你這雜碎！咱們正想跟你算帳哩！咱們跟你有何冤仇，那日竟和班鳩羅老禿驢算計著暗殺我倆？」雁翎刀、三尖兩刃刀同時出鞘，就想朝木無名身上招呼。

木無名向後一跳，擺手笑道：「兩位誤打誤撞，但也立了一件大功。」

花盛、葉殘沒好氣的道：「什麼大功？這些墳墓裡根本連隻鳥都沒有！」

木無名的眼光掃過那些全都被刨開的墳墓，最後落定在黑碗白蛇之上：「嗯，就是這兩件東西。從正中央的兩座墳堆裡挖出來的，是吧？」

花盛、葉殘一聽，忙又把碗、蛇，緊緊抱在懷中。「你莫動歪腦筋，這是我們的！」

木無名失笑道：「那並不是世俗之寶，對你倆全無用處，但對大明朝廷而言，可是貴重得很！」

花盛、葉殘一頭霧水，忙追問原由。木無名既見大事已成，自然毋須隱瞞，便將破壞李自成祖墳風水一事，細細敘說了一遍。

花盛、葉殘哈哈大笑：「活了四十幾年，可從沒聽說這麼荒唐的事兒當朝天子莫非是個白癡？」

木無名厲喝道：「你們兩個活膩了，膽敢出此悖逆之言？」

花盛哼道：「老子管他什麼皇帝不皇帝的，東西在我們手裡，不出個好價錢，休想從我們手裡討過去！」

只聽班鳩羅被人捏著脖子似的笑聲發自另一邊：「天下要錢不要命的傢伙，大概就數你們二人為最。」緊接著就見班鳩羅枯槁的身形鬼魅般從暗影中浮現出來。

葉殘笑道：「人不要錢，天誅地滅。人生在世，一輩子能遇上幾次向皇帝老兒伸手討錢的好機會？」

木無名悠悠道：「如今李自成的風水已被你們無意間所破，那兩件物事就如同廢物，任憑你們處置，咱可不想要。」

花盛、葉殘頓即一楞。「這兩個東西沒用了？」

十面埋伏擒蛟龍

班鳩羅喃喃道：「碗象宇宙蛇象龍，碗黑覆日，蛇白滅朱，李氏果真得到過高人指點。可惜啊可惜，卻逃不過老衲的手掌心。」

木無名仰天大笑：「兩位可先將那白蛇煮熟了，再用那黑碗來盛，美其名曰『黑白蛇羹』，豈不快哉？但只有一碗，兩位可別搶得打架。」

花盛、葉殘互望一眼，無限喪氣，拋下黑碗白蛇，轉身就想走。

班鳩羅陰笑道：「你們想跑到哪裡去？」

葉殘怒道：「老禿驢！我們不惹你，你反倒來惹我們，你當你是什麼玩意兒？」

班鳩羅一步步的朝兩人進逼：「你們剛才出口瀆蔑聖上，沒說的，死罪一條！」

花盛、葉殘一起拔刀在手，喝聲：「有本領的儘管過來！」

班鳩羅嘿笑道：「要殺你們兩個，就像踩死兩隻螞蟻！」

木無名見班鳩羅要親自對付他倆，自己便也樂得清閒，轉念又想：「不知李自成的祖墳裡還有些什麼東西？再者，若把他祖父、父親的屍體拖出來，好好的鞭一頓屍，回朝後稟明聖上，龍心必然大悅，立加賞賜也未可知。」愈想愈樂，三步併做兩步的奔到正中央的那兩座墳墓前，先探頭向左邊的坑裡一望，除了幾塊爛棺材板之外，空無一物。

木無名微微一愣，又朝右邊的坑內望去，立馬唬得倒退了五、六步。

墳洞內竟躺著一條面目如生的七尺大漢，而且長得跟闖王李自成一模一樣。

木無名忖道：「人死了這麼久，怎不腐爛？難道又有什麼古怪名堂？」

壯起膽子，再度伸頭去望，那漢子突然睜開雙眼，嘻嘻一笑：「木無名，想不想嘗嘗躺在這兒的滋味？」

木無名慘叫一聲，正自驚疑未定，只聽得另一邊的花盛、葉殘齊發呼嘯，雁翎刀和三尖兩刃刀同時脫手飛出，直朝班鳩羅丟了過去。

班鳩羅還未攪清他二人使的是什麼怪招，一白一黑兩道耀徹天地的光芒已左右夾攻而來。

「風雨雙劍」──墨雷、皤虹！

這一下變起倉卒，險些把班鳩羅當場削成三段，但他畢竟藝業高強，身體不知怎地一轉，竟在半空中橫了過來，兩劍一上一下擦身而過，墨雷切掉了他肩上一塊肉，皤虹則在他腰上劃了一道大口子。

班鳩羅翻身站定，又驚又怒：「你們……是什麼人？」

花盛、葉殘把臉一抹，露出本相，卻是姜小牙和李滾。「死禿驢，算你好運氣，逃過了這一劫，但定教你逃不過下一劫！」

兩人再度揮劍攻上。

木無名暗叫：「糟糕，陷入了闖軍的埋伏！不管他，先逮住闖王再說！」探掌向坐在墳坑裡的李自成抓去。

旁邊的墳洞內飛出一溜黑影，「啪」地正中木無名手腕，痛得他抱著手亂跳。

紅娘子一躍而起。「還不納命來！」又是一鞭抽出。

木無名向後躍退十餘丈，剛剛站穩，又聽腳旁的墳洞內發出一個陰陰笑聲：「木無名，你一心一意的想要暗算咱倆，可沒想到自己也被人暗算了吧？」

話聲甫落，刀光倏起，橫斬木無名雙足。木無名鷂子翻身躲過一擊，身旁的兩個墳坑之中同時躍出兩個人來，卻是如假包換的「刀王」花盛和「刀霸」葉殘。

木無名怪忖：「這兩人怎麼跟流寇走到一塊兒去了？」

鬼的用處

實際的情況是：當李自成率領精騎，與霍鷹、姜小牙、李滾、紅娘子等人兼程趕到鷂子坡的時候，花盛、葉殘已把李自成的祖墳給刨開了，正在為那「黑碗白蛇」傷腦筋。

霍鷹等人擒住花盛、葉殘，本想把他倆一刀殺了，但二人苦苦哀求，並發誓與班鳩羅、木無名不共戴天。李自成見他倆武功高強，確有可用之處，特別網開一面，責令他們戴罪立功；紅娘子則把姜小牙、李滾假扮成他倆的模樣，乘虛偷襲班鳩羅。

此刻，木無名被花盛、葉殘緊緊圍殺，眼見就是剮千刀的下場，忙叫：「兩位兄長請想清楚，姜小牙、李滾那兩個混球怎會是國師的對手？你們若把我殺了，待會兒國師須放二位不過！」

花盛、葉殘同聲大笑：「你以為我們的陣容就僅只這些而已？你還沒見到眞正厲害的角色吶！」

木無名心想：「天下還有什麼更厲害的角色？」

花、葉二人高叫：「霍大哥，出來吧！」

天際陡然出現一道滾滾寒芒，恍若一隻天外飛來的大鐵籠，罩向另一邊正和姜小牙、李滾酣戰不休的班鳩羅頭頂。

班鳩羅驚呼：「『天抓』霍鷹？」右掌七指怪手往上一翻，正敲在霍鷹精鋼鑄就的「擒龍飛抓」之上，直震得他虎口裂開，鮮血淋漓，心下大爲駭異：「這輩子遭遇高手無數，卻未逢如此霸道之人！」

而「擒龍飛抓」被班鳩羅一掌擊得倒飛回去，差點就把霍鷹自己的腦袋抓掉。霍鷹也心下暗驚：「老禿驢果然名不虛傳，今日若是一對一，霍某人決非敵手！」

姜小牙笑道：「妙啊！天下排名前三名的『一抓二劍』，聯手出擊，眞是萬年難見的場面。」

墨雷、皤虹、擒龍飛抓，當世最威猛的三種兵器，相互呼應，緊緊裹住班鳩羅不放。

班鳩羅心知今日單憑武功決難過關，當即惻惻怪笑，喝了聲：「咪咪哞哞哄！」伸手一指，瞬即慘霧瀰天，千萬隻鬼手從一片昏茫中沒頭沒腦的亂抓下來。

霍鷹暗叫一聲「糟」。「最怕的就是這個！剛才姜、李二人偷襲不成，至令他得以施展法術，這下可敵他不過了！」

在場眾人也都心急如焚，不知該當如何應付。

就在萬分緊急的時候，姜小牙、李滾耳中聽見燕雲煙的聲音朗笑道：「蕭姑娘，咱倆是鬼，豈會怕那老禿驢的妖術？」

又聽蕭湘嵐嬌俏的嗓門應道：「燕公子，鬼的用處也許正在這裡呢。」

兩條鬼影高高躍起，一頭撞入迷霧之中，只聞得「轟」然一聲萬炮齊發的猛烈爆炸，當即霧開月現，星光點點。

紅娘子雖看不見，但馬上就知曉究竟是怎麼回事，拍手笑道：「燕大哥、蕭妹子，幸虧有你們兩個。」

班鳩羅丈二金剛摸不著頭腦。「想我神通蓋世，怎會發生這種狀況？」再怎麼也想不到，正有兩個鬼在扯自己的後腿。

曹變蛟倒戈

木無名見班鳩羅的法術被破，心中止不住一陣慌亂，立被花盛、花盛兩把刀搶將入來。「去死吧你！」

刀芒飛處，暴血如霧，木無名的身軀緊隨著數十聲「咔嚓」裂響，殘肢碎肉噴得到處都是。

花盛、葉殘哈哈大笑，一起躍到李自成面前，躬身行禮。「主公明鑒，吾等終不負所託。」

李自成笑道：「兩位壯士免禮，我若一朝事成，決不忘二位的功勞。」

紅娘子在旁心中一動。「闖王初次與人見面，總是如此和藹可親、包容大度，但相處久了，才發覺不是這麼回事！想他如今對待我家相公『中州大俠』李巖，可是刻薄得很。」不覺暗自皺眉。

霍、姜、李三人圍勦班鳩羅，正鬥到緊要關頭，班鳩羅眼看抵敵不住，撮唇厲嘯：「曹都督何在？」

鷂子坡前的暗影裡人騰馬躍，曹變蛟率領著亢金龍隊從四面八方湧上崗來。

李自成暗吃一驚。「我軍騎兵早已部署在四周，怎地不見動靜？莫非都已被曹變蛟幹掉了？」

事實正是如此，只聽曹變蛟高叫道：「埋伏一旁的闖軍已被我擊退，國師有何吩咐？」

班鳩羅怪笑道：「即刻摧動鐵騎，把這些反徒統統踏做肉泥！」

紅娘子肚內尋思：「不料闖軍竟如此不濟。亢金龍隊衝鋒陷陣，無人能擋，這可難辦了！」

班鳩羅既得幫手，膽氣大壯，頻頻施出殺手，反把霍鷹等人逼得險象環生。

暗夜中，一聲朗朗高笑直透雲霄：「班鳩羅老禿驢，你想得美哩！」竟是曹變蛟的聲音。

場中眾人俱皆一楞，又聽曹變蛟沉聲道：「我曹某人乃沙場戰將，決非裝神弄鬼、迷信風水之徒，今日這場爭鬥所為何來？簡直可笑至極！國師，您自己慢慢的去挖死人骨頭吧，小將可不奉陪。」

亢金龍隊的上百名驍騎一起放聲大笑。

曹變蛟把手一揮，來如潮水的麾下將士，去亦如潮水，迅即無蹤，只有曹變蛟的聲音從闇黑裡遠遠傳了過來：「霍大哥，從今日起，咱倆互不相欠，下次再見，若還各為其主，就別怪小弟不客氣了！」語聲愈來愈遠，終至渺不可聞。

班鳩羅嘶聲大叫：「曹變蛟，你竟敢如此？你不怕我回朝之後，稟明聖上，將你凌遲碎剮嗎？」

霍鷹笑道：「你還能回北京去見那昏君？可不是癡人說夢。」

「擒龍飛抓」在空中兜出一轉美妙絕倫的弧形，直直罩向班鳩羅頂門，班鳩羅正被姜小牙、李滾的兩柄劍糾纏得鬆不出手，腦門正被飛抓抓個正著，「砰」地一聲顱骨碎裂般的脆響，七竅中立即流出血來。

霍鷹把手一抖，將班鳩羅的身軀高高拋上天空，再讓他重重摔下：「老禿驢，往西方極樂去吧！」

風調雨順．眾生歡喜

眾人見班鳩羅頭骨盡碎，顯然不得活了，都鬆下了一口氣。

李自成嘆道：「好厲害的角色！今日若非各位相助，這傢伙往後不知還要做出多少惡事。」

花盛、葉殘本自心虛，趕忙嘻皮笑臉的跑到李自成面前。「主公，咱倆負責再把您的祖墳埋好，絕對埋得跟從前一樣。」

李自成笑道：「你們把另外那二十一座無端遭受池魚之殃的墳塚埋好，倒是真的。至於我的祖墳，唉……這黑碗是我父親幾十年來吃飯用的傢伙，他去世之後，我因實在找不出什麼像樣的東西，便把這碗權充陪葬之物；我祖父可就更窮啦，孑然一身而已，這小蛇大概是去年冬天鑽進墓穴冬眠的。」

葉殘諂笑道：「有龍入穴，大吉！」

「快放了牠。」李自成搖了搖頭。「那老喇嘛說咱們李家得過高人指點，可眞是胡言亂語。」

紅娘子笑道：「倒也算得滿準，老禿驢還是頗有門道……」忽然瞳仁賁張，大叫：「霍大哥，小心！」

霍鷹反應神速，驀然回首，驟見天邊高掛著七點寒星，暗叫了聲：「糟！」下一刻，心窩已被班鳩羅的七指怪手抓了個結實，立即鮮血狂噴，往後便倒。

姜小牙趕緊一劍揮出，迫退老喇嘛，伸手扶住霍鷹。

燕雲煙、蕭湘嵐的鬼魂沒想到事態竟如此演變，忙飄到霍鷹身邊，大叫：「霍大哥！」休說霍鷹本來就聽不見他倆的聲音，就算聽得見，現在也無法回答他倆了，他雙眼緊閉，胸前汩汩冒出血來，已沒了氣兒。

班鳩羅一招「南天開塔」得手，仰天狂笑。

眾人見他滿臉是血，頭蓋骨兀自撇開在兩邊，幾乎看得見顱內腦髓熱氣蒸騰、蠕蠕而動的情狀，心下俱皆駭異。

姜小牙輕輕放下霍鷹，朝李滾一呶嘴：「併肩子上！」

那李滾早被嚇呆了，不住發抖。

班鳩羅嘿笑道：「先殺了你們兩個，其餘的一個都逃不掉！」一步一步進逼過來，「南天開塔」蓄勢待發。

其實他已然摸熟了姜、李二人的路數，剛才若非霍鷹出手，他早就能夠破解「風雨雙劍」的聯手出擊，此刻他成竹在胸，充滿了必勝的把握。

他腦門湧血，噴泉般從頂門流下，但步履依然沉穩，緩緩朝前移近，姜小牙、李滾驚恐的面容已近在眼前，然而，下一剎那，躺在一旁的霍鷹忽地猛一挺腰，大叫：「風調雨順，給他死！」

墨雷、蟠虹當即出手，一左一右夾攻而來，班鳩羅立刻覺得不對！

這本是「風劍三十七式」和「雨劍三十八招」中最普通的兩招——「久旱甘霖人間至樂」與「風起雲湧」，但如今這兩招發出來的方位、路數、軌跡卻截然不同。

他哪知姜小牙曾經學過「風起雲湧」，李滾也學過「久旱甘霖人間至樂」，日前霍鷹靈機一動，令二人反向施為，即是姜小牙持雨劍「蟠虹」施展「風起雲湧」，李滾則持風劍「墨雷」施展「久旱甘霖人間至樂」，還取了個好聽的名字——「風調雨順」。

這一倒轉，效果竟出奇的好，風纏綿而雨豐沛，祥和溫暖，正是農家最渴盼的天氣。

班鳩羅眼睛一花，一剎那間，什麼權祿名位、機巧詭詐，全都拋到了一邊，只看見幼年時「尼八剌」家鄉的肥田沃土、稻麥齊放，鼻中只聞得花濃草香、蜜郁果甜；絲毫沒覺著蟠虹寶劍透心而過，墨雷寶劍把自己從正中央劈成了兩爿。

姜小牙、李滾這才眞正喘過了口氣，互拍一下巴掌。「兄弟，有你的！」

紅娘子奔來抱起霍鷹，急叫：「霍大哥，你沒事吧？」

霍鷹虛弱一笑：「幸虧我那一抓先抓破了他的頭，否則八條命也沒用。」

爭鬥不止的人心

眾人回到闖軍大營，步入中軍大帳。

酒宴已擺開了，劉宗敏與「中州大俠」李巖二人正在帳內等待。

紅娘子高叫：「相公，咱們大獲全勝啦！」

李巖但只坐著，並不答話。

李自成望著劉宗敏罵道：「你們在搞什麼東西？該接應的時候不接應，該救援的時候不救援，幾十萬大軍全都好像廢物！我真該把你貶成一個小卒！」

劉宗敏輕鬆笑道：「大哥，反正贏了嘛，何必太吹毛求疵？」

李自成見他拉出一張滿不在乎的牛皮嘴臉，心知蹊蹺，暗自沉吟。

紅娘子見李巖一逕坐著不講話，好生奇怪，趨前一看，他的眼角、嘴角竟都淌出血來，顯然中毒已深。

紅娘子這一驚宛若電劈雷擊，還沒搞清楚怎麼回事，腳下一軟，已掉進一個大坑之中，坑底滿是狗馬之血，濺得她渾身都是，緊接著坑頂與四周都樹起了鐵柵，將她圈禁起來。

李自成暴怒大吼：「老劉，你幹什麼？」

劉宗敏依舊皮皮的笑道：「我就知道你會回來處置我，我能不做些防備嗎？」

李自成隼目四掃，遲遲不開聲，仍要先在心裡打一遍算盤。

姜小牙好不容易回神，跳到劉宗敏面前，一把抓住他，先刷了他幾個大耳光：「我就知道你這個賊只會害人！」

劉宗敏不理他，只望著李自成笑道：「老大，我曉得你早就視李巖為眼中釘，因為他太得民心了，我乘早為你除掉他，有何不好？」

坑內的紅娘子被血污了，施不出法術，擅使的長鞭又打不斷鐵柵，只得大叫：「姜小哥兒，快用你的寶劍……」

她話還沒說完，大坑周圍的地道中出現了八個矛兵，隔著鐵柵以矛猛刺，紅娘子的長鞭在狹窄空間裡施展不開，眨眼便險象環生。

姜小牙只得放開劉宗敏，縱到土坑頂上，想用寶劍去削坑頂的鐵柵；李滾是個呆子，反應總是慢半拍，此時才衝過來。

然而，一名矛兵的矛尖已刺入紅娘子後背，一邊厲聲大喝：「誰要救她，我就把她刺穿！」

姜小牙探頭一看，見那長矛透入紅娘子背脊只一寸，並不致命，但只要稍一用力，必然回天乏術。

姜小牙沒了主意，急喊：「劉宗敏，你快叫他們放了紅姑娘！」

劉宗敏依舊盯著李自成不放，悠悠笑道：「老大，這些天來就是這幾個傢伙圍在你身邊，左右了你的思想，把你當成他們的玩偶，我這叫做什麼……什麼『清君側』，就是把你身邊的卑鄙小人統統都清除掉，這可都是爲你好哇！」

李自成仍不言語，背負雙手，走到帳門口朝外面瞅了半天，終於陰森森的說：「劉宗敏，這裡都是你的兵？」

劉宗敏笑道：「沒錯，你最親信的李過、田見秀都已被我支開，本營全都是我的兵。」

李自成走回桌前，拿起一杯酒：「老劉，來來來，咱倆喝一杯。」

姜小牙瞬間呆掉了，怔怔的說：「闖王你怎麼……？」

李自成這會兒連看都不看他一眼，對著劉宗敏露出誠懇的表情：「老劉，這些年眞的辛苦你了，還會幫我想到清君側，可見你的忠心。」

姜小牙不敢相信這闖王過河拆橋得這麼快，一片茫茫然的憤怒充滿胸臆。

「剛剛才幫了他一個大忙，轉眼卻變得如此無情無義！」燕雲煙、蕭湘嵐的鬼魂在旁怒罵。「死流賊，本性全都露出來了！」

花盛、葉殘兩人都是投機分子，心知他們還沒有到表態的時候，當然靜靜站在一旁看戲。

姜小牙把心一橫：「先殺了劉宗敏，闖王就沒咒可唸。」上前一腳踢翻劉宗敏，挺劍就要刺下。

劉宗敏大笑道：「我本來就是爛命一條，死了也不會怎麼樣。但你自己想想看，大帳外有我麾下精兵三萬，你跟那個死胖子武功高強，或許可以全身而退，你的大姑媽跟那位霍大俠，可都要陪著我進棺材囉。」

霍鷹跟紅娘子都身負重傷，若想揹著他們脫出重圍，只怕比登天還難。

燕雲煙跌足：「劉宗敏這步險棋走得眞絕！」

李滾搔了搔頭皮道：「這話倒是眞的。我們是要救人還是……？」

「中州大俠」李巖還未斷氣，此刻掙扎著說道：「姜小哥兒，你們鬥不過他們的……」又鼓起最後一口氣，向坑內道：「娘子，來生再見……」一句話沒能說完，就此斃命。

紅娘子在坑內絕叫：「相公……！」

她背上的矛傷不輕，只叫得一聲，胸口血湧，暈厥了過去。

姜小牙輪眼望著帳內眾人，萬千思緒潮湧而過，就此時而言，恩怨是非並不重要，眞理正義、天下蒼生又與他何干？他只想好好珍惜身邊的人或——鬼！

鬼，豈不是比人好得多？

姜小牙當下做出決定，收起皤虹寶劍：「你把紅姑娘放出來，我們帶著她與霍大俠離去便是。」

劉宗敏陰惻惻的一笑：「您是個聰明人。」命令手下收起鐵柵。

姜小牙跳入坑中，揹起紅娘子，李滾則揹起了霍鷹，走出帳外。

萬鬼齊哭

烏雲驟捲，天晦地暝，遠處閃起火樹似的電光，顯然暴雨將至。

姜小牙一行人走沒多遠，西方暗影中悄悄的出現大隊騎兵。

原來劉宗敏既已脫出姜小牙劍鋒的威脅，便暗中命令騎兵將他們剿殺在荒原之中。

李滾哭道：「我們又中了這個狗賊的奸計！」

上千騎兵衝殺過來，僅靠兩柄劍怎麼抵擋得住？

燕雲煙、蕭湘嵐知道姜、李二人必無生理，心中悲憤，仰面向半隱半現的月亮發出嚎叫。

豈料他們這麼一叫，黑暗中竟起了莫名的響應，先是寥寥落落的幾聲飲泣，繼而變成一波又一波的大哭，然後東、南、西、北四方，全都響起了痛哭號啕。

經過這些年來的激烈拚殺，命喪在這片荒原上的人何止百萬，此刻有了燕、蕭二人的領頭，就跟狼群似的一起仰天號哭，所有的冤屈、不平，全都噴向天空。

劉宗敏的騎兵隊本已逼近，愈來愈覺得不對。

人的耳朵原本聽不見鬼哭，但上百萬條冤魂的厲嚎何其慘烈，竟眞切的傳入了他們耳中，讓他們心驚膽戰。

黑暗呑沒月亮，鴻荒暴雨緊隨著落下，使得狂濤般的鬼哭之聲更顯洶湧淒厲。

帶隊的騎兵頭領素行不義，陡地一陣猛哆嗦，腿一軟，倒跌下馬，當場摔斷了頸骨。其餘的騎兵哪還敢停留片刻，俱皆沒命飛奔鳥散。

永懷鬼胎

大帳內，劉宗敏本想一不做二不休的斬草除根，然而忌憚李自成的實力高出許多，若果李過、田見秀等將領跟自己翻臉，自己決非對手，便乾笑著盡朝李自成打躬作揖，諂笑道：「老大，本軍沒你不成，咱們還是好兄弟，沒必要爲了這種小事翻臉，對不對？想害你的人，都被我趕光了，對不對？我還是有那麼一點點小功勞的，對不對？」

李自成也乾笑著拍了拍他的肩膀，笑道：「沒錯沒錯，大伙兒還是該以大局爲重，大局爲重啊！」

人鬼未了的事兒

雨已停，騎兵隊也已逃光了。

姜小牙等人坐在地下喘氣。

霍鷹切齒道：「大明爛，這群流賊更爛！眞想不到闖王竟是那等齷齪貨色！」

燕雲煙嘆道：「想我與曹變蛟當初怎樣爲大明效命，他們卻詆毀我們是庸才；姜小哥、李巖、紅娘子何等英雄，救了李自成好幾次，到了緊要關頭，他卻將他們棄之如敝屣。人，只要牽涉到權力，就沒有任何一方是好東西。」

蕭湘嵐廢然道：「自從當了鬼之後，才知人類這種東西有多麼醜惡。」

燕雲煙大爲同意：「牛頭、馬面反而好得多，最起碼說一不二。」

這時，紅娘子悠悠醒轉，姜小牙安慰了半天，才稍微平復她的情緒：「我們往南方去，先把妳跟霍大俠的傷調養好再說。」

紅娘子虛弱的說：「如此甚好，你們兩個得找個好地方超渡你們的師父。」

想起往後還有十五年誠心祝禱的任務要完成，姜小牙站起身了，挺直腰桿：「管他們什麼官兵、流寇，誰輸誰贏干我們屁事？我們只管好好的過我們的日了，相信將來總有清明的一天。」

儘管人間充滿了污濁黑暗，朝陽依舊昇起。眾人也都振作精神，一起走向茫然不可知的未來。

「那小伙子雖然幹了件缺德事，但還是挺不錯的。」蕭湘嵐悄聲對燕雲煙笑著說：「在這種世道裡還能夠懷抱熱情與希望的人，不是傻子就是瘋子。」

燕雲煙瞪眼：「那妳還說他『挺不錯』？」

蕭湘嵐望向遠方：「豈不知，這兩種人才是推動世界的主力呢。」

——全文完——

後記

屈指一算，寫作《鬼啊！師父》已是二十五年前的事情。

天哪！這本書的命運眞不錯，四分之一個世紀過去了，居然還能得到重新問世的機會，當然得要感謝遠流出版公司。

這個故事的歷史背景極爲殘酷，現代人完全無法想像，腐敗無能的統治階層會帶給人民多大的痛苦，這已不能用民不聊生來形容，整個國家的人民全都變成了野獸。

換一個角度來看，庸懦的統治階級都是十惡不赦的妖魔嗎？誰是好人？誰是壞人？變成了一個可笑的命題，野獸的世界裡沒有天使，更不會有魔鬼。

當初面對這樣的題材，讓我陷入不知如何措手的困境，人世間早已充滿了各種殘酷的暴力，哪還需要我著力去描寫那些殘忍的事情？

最後，我只能像小說裡的修屍匠「老糞團」一樣，把一具潰爛的屍體裹上一層荒謬魔幻的外衣。

我眞的是想餵給讀者一顆包著糖衣的毒藥，等到大家消化完嘴裡的甘甜之後，才猛然發現眞實世界裡的「小確幸」是那麼的脆弱。

＊＊＊

如果要選歷史上「十大最糟糕的皇帝」，明朝後期的幾個皇帝大概都可以名列榜上。正德設「豹房」，成天狎遊；嘉靖爲飲婦女經血壯陽，無所不用其極，差點被鋌而走險的宮女勒斃，創下「禁宮造反」的首例；萬曆腎虧窩居，整整三十二年不理朝政；天啓鎭日與木材爲伍，自詡爲天下最棒的木匠；崇禎猜忌群臣，終而爲歷史上第一個自殺的皇帝。

這些神經兮兮的皇帝其來有自。「大明」開國君主朱元璋的外祖父是一個有跡可考的巫師，從病理學的觀點來看，巫師多半屬於精神耗弱患者，這種疾病是會遺傳的。

朱元璋發跡於神經兮兮的「白蓮教」；他的第四個兒子「燕王」朱棣起兵攻打自己的姪兒「建文太子」的時候，軍中和尙、道士成群，成天做法占卜，鬧個沒完。在白溝河、夾河、藁城三次決定性的戰役中，都是北軍將敗，但北方忽起一陣大風，滾滾吹向南方，北軍才得以反敗爲勝。成祖登基後，因感謝主管北方的「玄武大帝」幫了自己三次大忙，便大修傳說中「玄武大帝」的得道飛升之處——武當山，使得武當山成為唯一一個具有皇宮規格的寺廟群。他並在手著的〈靖記〉中大加頌揚：「朕起義兵，靖內難，神輔相左右，風行霆擊，其蹟甚著……」一副認眞至極的口吻。

身為皇帝，有此言教，後果可想而知，從此，怪力亂神便成為明朝上起天子、下至庶民的基調，所有寫成於明代的章回小說裡，都充滿了陣前鬥法、鬼來怪去的描述。

我常覺得，中國人的迷信絕大部分起自於明代。中國的科技成就自宋朝之後便少有進展，宋人實事求是的理性態度頗有現代之風，不幸卻壞在明人的手裡，文明從此倒退，反讓西方趕上。

小說中提到的末代皇帝崇禎下令挖破李自成祖墳風水一事，千眞萬確，只不過主其事者不是虛構的「班鳩羅」，而是《明史》上評價不錯的汪喬年，「此殆有天焉，非其才之不任也」，他的「才」在哪裡？請看以下敘述：崇禎發令給當時擔任三邊總督的汪喬年，汪喬年則發令給米脂縣令邊大綬，邊大綬執行完畢，上報汪稱：「賊墓已破，王氣已洩，賊勢當自敗矣！」汪回信道：「闖墓已伐，可以制賊死命，他日成功，定首敘以酬。」

汪喬年乃天啓年間的進士，歷官刑部、工部、按察使、陝西巡撫；邊大綬則是舉人出身。這兩人都是當時的高級知識分子，卻一個說「可制賊死命」，一個說「賊當自敗」，一來一往的樂歪了，可不是見了鬼？當然，始作俑者仍屬昏君崇禎，戰場上打不贏，竟冀望於毀壞敵首的風水以求勝，當眞荒唐到了極頂。

「賊」如何「自敗」？掘墓之後不到兩個月，汪喬年就被李自成生擒，千刀萬剮而死；不出兩年，李自成就兵破北京，把崇禎逼了個上吊自殺的悲慘結局。

明朝以迷信始，以迷信終，可稱得上有頭有尾、貫徹始終。

帝國淪亡前夕的骷髏舞會

盧郁佳

在科舉腐儒群中，狂戰士郭箏特立獨行。筆下驃悍起來如火山爆發，狂氣無人能及。因他眼中所見的殺伐，比別人更殘酷無情。

井上雄彥的漫畫《浪人劍客》中，一群嘍囉舉刀砍殺劍聖宮本武藏。四面八方劍如雨下，他高度集中，背後刀鋒劃過空氣的每一微聲，來人的呼吸、動向，他都明察秋毫。但砍殺了一陣子，他發現被人劃傷，動作變遲鈍，刀變得沉墜。他累了，還是殺不完。砍完第一圈的人，第二、三圈又迎上來乘機收割，人海戰術不需要武藝超群，光靠死士把他體力耗盡就能殺了他。也許他眞會死在這裡。在他眼中，周圍每個人都有臉、有表情，透露不同的驚恐與算計，不同的人生。那些嘍囉當中沒有白皙秀雅的貴族青年，而是高顴骨尖嘴猴腮、黝黑營養不良的貧農子弟，讀者得知這些命篩選過了。因爲上面的人揮手說聲

「這個不要了」他們才會被丟進戰陣中當砲灰。爲什麼當死士，爲什麼不逃？讀者也不知道。但是看到嘍囉持刀的手在抖，讀者知道他知道死亡逼近了。於是也沒有疑問。這是現實，充滿限制，逃不過摩擦力。

殘酷—麻木

而武俠小說往往摩擦係數小，殺人已無死亡的重量，比的是招式、詭計的創新，死亡只是數字：因爲一人一役殺了三六五人，所以江湖排名第一。女俠向徒弟訴說事蹟：被我殺掉的男人，沒有八百，也有七百九。像玩家在螢幕上看到自己最新的積分排名，起初會慶祝晉升，愈到後來愈麻木。

解除死亡的禁忌與憂傷，能夠解放極大的能量，平空拓開零摩擦力的飛行宇宙、可供自由遊戲的精神空間。**郭箏的《鬼啊！師父》是個三層透雕的象牙球，第一層是後文明荒原上的狂野夢幻，殘虐、怪誕的恐怖喜劇。**一開篇，**就打破禁忌、挖墳偷屍。**明末陝北黃土高原上，內戰七年，田園不毛，牲畜全滅。流寇要士兵上繳官軍的腦袋證明殺敵立功，官軍則要士兵繳流寇的全屍。士兵起初殺農民充數，殺完了只好刨墳掘屍交差。

匪夷所思的官僚主義，理所當然、麻木無感的服從，推動這齣傑出的黑色喜劇，將高塔層層遞進推向雲端：殺農民充數的殘酷，飛快被挖屍體蓋過。挖屍的悚慄，飛快被分屍蓋過。迅雷不及掩耳，又被屍體的官方處置蓋過。小說一連串的震撼彈，癱瘓了感官、情緒、道德判斷。

筆法使人想起沈從文〈清鄉所見〉的紀實，沈寫道：「二天路程中我們部隊又死去了兩個，但到後我們卻一共殺了那地方人將近兩千。懷化小鎮上也殺了近七百人。」「人殺過後，大家欣賞一會兒，或用腳踢那死屍兩下，踹踹他的肚子，彷彿做完一件正經工作，有別的事情的，便散開做事去了。」身在其中無暇悲憫，悲憫只會導致崩潰自毀。

讀者身不由己，被捲入角色司空見慣、無暇悲憫的戰亂地獄。所有恐怖，穿透與現實之間的薄膜，一進入《鬼啊！師父》的力場，瞬間變成庶民鬥嘴插科打諢、語言遊戲的狂歡。

對稱—中立

本書的第二層，是經由藝術轉化、重新塑形而成的歷史小說。造形之功，不在雕琢人物，首在揮灑情節的流勢。兩派人馬瘋狂追逐，像蝴蝶鱗翅上的圖案一樣絢爛華美而左右對稱。電影《歡迎來到布達佩斯大飯店》用對稱的構圖拍攝人物行動，譬如雙方人馬在飯店天井之字形樓梯上下來回追逐，大遠景的鏡頭睥睨他們像兩組發條玩具鼠竄，尖銳表現出非人的機械刻板、渺小可笑。而原於一九九七年出版的《鬼啊！師父》將這高度控制發揮得淋漓盡致：一個官軍肥兵，一個流寇瘦兵。他們各自劫走的屍體，是聞名江湖的「風雨雙劍」一男一女。兩兵在各自陣營中，都遭受邪惡的上級嫉妒迫害。流寇、官軍的首腦，所獲評價不分軒輊。結尾的Boss戰，雙方主將勝敗的轉折相同。朝野雙方的階級金字塔，每一層都力求對稱。

花盛和葉殘，名字是對稱的。燕雲煙和霍鷹，班鳩羅和霍鷹，兩組名字各自對稱，都跟鳥有關。李滾體胖似豬，姜小牙逃如脫兔，取名小牙是因爲他像兔子一樣牙齒長得太大。這些鳥獸形象，都遙指人物在食物鏈上的階級位置。

男女劍俠各自收兩兵爲徒，後來發現不對，又對調過來。人只是零件，不好用就退換。情節設計如萬花筒，收放間圖案瞬息萬變。角色是萬花筒中的繽紛碎片，不但可以調換，而且隨時被精巧奪目的圖案所擺布。

墳內屍體上的藏寶圖，又鏡像地指向遠方的祕密。

書中沒有人是獨一無二，都可找到雙胞胎。饑民老糞團罵官軍腐敗，小兵姜小牙就目睹流寇腐敗。官軍李滾說：「什麼官兵強盜，還不是一樣的貨！」燕雲煙擔任御前侍衛總管、殉職後才醒覺朝廷腐敗，說：「只要牽涉到政權，就沒任何一方是好東西。」都是「垃圾不分藍綠」的千古回音。小說結構對稱，是爲傳達這一視同仁的絕望。

本書的第三層，是介入此時此地的政治批判。寫明末是鏡中花、水中月，二十世紀

末的台北政壇才是眞花、實月。當年本書寫作之際，國民黨因李登輝繼任總統而巨變。本書邀請讀者，將明末的風雨飄搖，放進國民黨內部的派系消長來看。明末昏君誤國，但流寇亦非聖人可勝任。官軍左都督曹變蛟在書中前後態度的轉變，說明覺醒並非迎新神、破舊神，等待新神周而復始宿命腐化；而是在一堆爛蘋果當中，挑一個稍微不爛的。拋棄造神的認同政治，走向容忍缺點、暫時授權，目的是改革。

屈辱—低賤

兩邊內部的拉扯，延伸出向外拉扯對方，成爲彼此的困境。

書中所有暴力都像理所當然。李滾從小肥胖，被同儕當球踢，也習慣了做小伏低。兩軍要士兵繳屍體，地府也向鬼要屍體，變成人鬼爭屍，實際是爭奪生存資源的零和遊戲。像是兩家公司談合約，因爲兩家老闆寸土不讓，結果玩死兩邊窗口。基層爲了解套而花招百出，合力造假留下爛攤子。雙方基層都高難度犧牲，面不改色。沒機會同情自己，只以爲理所當然。演來像是好戲連台的格鬥、笑料。

是那麼理所當然嗎？郭箏戲筆寫姜小牙：「只有兩種哺乳類動物會仰躺著睡覺，人和貓。只有兩種生物會在睡夢中打鼾，人和豬。只有兩種肉食性野獸會在黑夜裡磨牙，人和狗。由此可見，人類的低賤達到何種程度。而姜小牙的習慣比上述三種更糟糕，除了仰躺著打鼾、磨牙之外，他還會夢遊。」

寫李滾：「只有兩種哺乳類動物能夠翹起腳尿尿，人和狗。只有兩種生物能夠把花草尿死，人和貓。只有兩種雜食性野獸能夠把自己的尿喝下去，人和豬。由此可見，人類的低賤達到何種程度。而李滾的習慣比上述三種更糟糕，除了翹腳、尿含強鹼、嚴格奉行『喝尿為強身之本』而外，他還有一個毛病——夜尿頻繁，每晚非起床三次不可。」

這對稱的華彩唱段，筆酣墨飽，博識和才情教人嘆服。然而讀者過後一想，仰躺打鼾磨牙也好，喝尿也好，哪有低賤可言？誰會說那低賤？第一種情況，極權要剝奪你的自由、處罰你，欲加之罪何患無辭，你吃喝拉撒都足以證明你賤。第二種情況，人們自覺低賤，因為被迫做了自己不願意做的事情。我做出的爛事，不符我的價值觀。但如果我本身就是個爛人，那麼受辱就合理了。所以，受權威屈辱而無力反抗時，人就需要加倍攻擊自己才能平衡。低賤不是眞的低賤，而是慣於受辱，習於服從，因而價值扭曲，自己也看賤自己。

書裡少有鐵錚錚的好漢，而多是機巧的丑角，靠小聰明混世。告訴自己「大丈夫能屈能伸」，做人的界線就任憑權威踐踏而過。上司要屍體，基層就變得出屍體。遇到牛頭馬面索賄刁難，燕雲煙就想「報應不爽，也許本就是我該得的，沒啥可怨」。燕雲煙犯下什麼罪行未償，自認該遭報應，是他殺了人，或殺了不該殺的人？他沒有說，書中也沒寫他後悔過，似乎罪行只是他臨時虛構，用來幫他認命。然而一認命，低賤感就在懸崖下的幽暗深淵盤旋不去。

我們對自主的需求，其實比我們所知爲高。如果自主受損，就會自覺低賤。人們常以爲極權能換來繁榮所以値得，中國人就是需要被管。殊不知極權的代價，就是使每個人自以爲低賤、無能，將對權威的憤怒、輕蔑壓抑下來，轉向攻擊自己。這使角色面對愛情，總是怯懦、被動。而書中的三角戀愛，有一段情敵試圖互換位置的情節，回應了先前男女雙俠互換徒弟成功。人是可以調換的嗎？這次小說卻回答：不可以換。就算她再怎麼恨對方，也無法換對象。看似不合理，但卻無比眞實。雖然權威可以控制每個人服從，但最後那股潛抑的憤怒總會失控，讓愛人互砍至死。

神話—藉口

小說首尾呼應，以掘墳繫緊了情節和主題兩端，顯出事主的昏瞶、窘迫，而在現實中仍然持續：

《BBC中文網》報導風水師說，兩蔣停靈不葬，導致蔣經國五子有四人壯年病逝。若再不葬，將禍延子孫一百二十年。

二〇〇〇年總統大選，宋楚瑜落選，被歸因陽明山的宋父墳墓被下了九根斷脈釘。《獨家報導》說，祖墳影響子孫有無總統命，而父墳影響擔任總統是否綁手綁腳。馬英九父親的骨灰放在木柵靈骨樓的樑下，讓馬英九當選後「獨挑大樑」。二〇一五年，《時報周刊》報導常為綠營看競選總部風水的堪輿師翁三雄說，蔡英文家族修屏東祖墳時，發現三條黑蛇盤繞，幫助她當選總統。

二〇一九年，《壹週刊》報導國民黨中央黨部的風水池奇譚：馬英九主席時代，養了八隻烏龜，後來「果然」二〇〇八年當選總統；洪秀柱主席養陸龜，結果和池裡原有的水龜不合，國民黨「果然」內鬥。吳敦義主席養龍魚，象徵皇帝命脈。提名韓國瑜參選總統後，龍魚跳出池外身亡，因為長四十六公分，韓國瑜民國四十六年生，「瑜」「魚」同音，視為凶兆。二〇二〇年，國民黨中常委江碩平也警告「歷任主席都失敗，（黨主席辦公室）風水不好」。

這些政壇祕聞像是應驗《鬼啊！師父》預言。但其實不是預言，而是悲憤不問蒼生問鬼神。人民被剝奪權力，才會無法問責政府。政客逃避責任，才會說成敗都是風水導致。風水解釋政治，固然精采刺激。但神話愈為人深信，愈見專制者之無能。民主遙迢路遠，既需要論辯、抗爭，更需要韌性長久不屈，永不放棄希望。

在驚怒叫罵、嬉笑互虧、爭風吃醋等娛樂笑鬧，華麗的快節奏底下，如果讀者對死亡心懷悲憫，就會看出《鬼啊！師父》是一場深淵上的舞會，希望渺如游絲一閃而逝。舞臺從崖上懸空搭出，而人們多數時候都意識不到腳下離死亡只有一板之隔，仍全神投入暗黑的競奪、刺探、暗算。這是骷髏們的舞會。

盧郁佳　曾任《自由時報》主編、台北之音電台主持人、《Premiere首映》雜誌總編輯、《明日報》主編、《蘋果日報》主編、金石堂書店行銷總監，現全職寫作。曾獲《聯合報》等文學獎，著有《帽田雪人》、《愛比死更冷》等書。

鬼啊！師父 / 郭箏著 . -- 初版 . -- 臺北市 : 遠流 , 2020.10
面； 公分 . -- (綠蠹魚叢書 ; YLM33)
ISBN 978-957-32-8867-1(平裝)
863.57　　109013498

綠蠹魚叢書 YLM33

鬼啊！師父

作　者／郭　箏
總編輯／黃靜宜
主　編／蔡昀臻
封面繪圖／葉長青
美術編輯／丘銳致
行銷企劃／叢昌瑜

發行人／王榮文
出版發行／遠流出版事業股份有限公司
地址：台北市 100 南昌路二段 81 號 6 樓
電話：（02）2392-6899
傳真：（02）2392-6658
郵政劃撥：0189456-1
著作權顧問／蕭雄淋律師
輸出印刷／中原造像股份有限公司
2020 年 10 月 1 日 初版一刷
定價 280 元

有著作權・侵害必究
Printed in Taiwan 若有缺頁破損，請寄回更換
ISBN 978-957-32-8867-1
遠流博識網 http://www.ylib.com
E-mail: ylib@ylib.com